新典社選書108

日本の恋歌とクリスマス
――短歌とＪ－ｐｏｐ

中村　佳文　著

新　典　社

目　次

第三章　「クリスマスだからじゃない」 ―― 一九八〇年代の恋人たちのクリスマス

第四章　日本の恋歌とクリスマス
――戦勝・狂瀾・家庭・恋人やがてクリぼっち

第五章　短歌県みやざきに詠う――「永遠を待つ」

最終章　「さよならは永遠の旅」
――待つことの愉悦

はじめに

あなたは今年のクリスマスを、どのように過ごしたいと思っているだろう？
誰とどこでどのように過ごすか？
それは、あなたの現在の生活の何を映し出すのだろう？

本書は、「日本の恋歌」を読むことで、「恋とは何か？」「クリスマスとは何か？」という素朴な疑問を考えようとするものである。「恋歌」といった時に何を思い浮かべるかも、人によって様々だろう。「歌」という語から「和歌・短歌」を思い浮かべるか、はてまた「音楽」を思い浮かべるか。「和歌・短歌」は「ことば」に内在された「響き」に存在価値のある文学である。「音楽」は「旋律」の上に「歌詞」という「ことば」が載せられ、その相乗効果で人々を魅了する。厳密に考えるならば、両者は異なる構造で人に受け入れられるのであるが、その素材を考えたときに「恋歌」という明確な共通項が見出せる。

注目したのは一九八〇年代以降のＪ－ｐｏｐ、特に以後四十年以上にわたり日本の音楽シーンを牽引している桑田佳祐。その「恋歌」の歌詞を読み、「短歌」創作において「歌会」という場で日常的に行われる「批評」という方法を導入し、表現のみに向き合う〝読み〟による考察を試みている。「歌会」では無記名で短歌作品が批評されるのが一般的で、「作者」がどのような人であるかとは切り離して短歌表現のみで論じる方法を採る。「国語」の授業において、「作者の意図」などという発問に「正解」を求めさせる学習に筆者は真っ向から反対である。ある歌にどのような〝読み〟をするかは、読者の数だけ視点があってよい。場合によると生身の「作者」が思いもしなかった「解釈」に出逢うことで、短歌が大きな翼を持って飛翔する場合がある。あらゆる短歌において、公平に価値と批評が保証される「〝読み〟の平等」が約束されているのだ。本書で分析した和歌・短歌・歌詞に対しては、いずれもこのような姿勢で向き合っていることを冒頭に記しておきたい。

スマホ普及という急速な情報化社会は、一部の人々に「あらゆることが分かる」といった全能感をもたらせ、一見すると広い視野で物事を見ているような錯覚を起こし、他者に不寛容で苛立つ空気に社会全体が覆われている。その要因となるのが「待つこと」に対する生活上の態度にある。スマホの全能感は、この社会から「待つこと」を忘れさせてしまったのではないか。

その一方で昨今は、日本社会の晩婚化や恋愛忌避の傾向が強まったことが指摘されている。他者との摩擦を恐れて生活し、その延長において恋愛で傷つくことを避けようとする心性である。同時に「受験」のみを目標にする若者の生き様においては、「正解」以外を受け入れがたい習慣が必然的に身につくことになる。だが果たして「恋愛」にも「結婚」にも、ましてや「人生」にも、「正解」が用意されているのであろうか？

この「正解」なき社会を生きるために、「恋歌」は大きな役割を果たす。「恋」はどれほどに苦しく辛いものか？　古来多くの「恋歌」が「待つこと」のせつなさをことばにして来た。筆者はそこから「待つことの愉悦」が浮かび上がると考えている。「短歌県日本一」を目指している宮崎に住むひとりとして、あらためて「日本の恋歌」の扉を開いてみたい。

第一章　忘れられた待つこと

忘れられた待つこと

あなたは、いま何を待っているだろうか？　本書がこの後にどんな展開をするのか？　どれほど興味深いか？　そしてどれほどに役に立つか？　など本書への「待望」だろうか。たぶん多くの読者の方は、本書を手に取る前後にもスマホを操作するにちがいない。その通知を逐一確認し繋がりのある多方面の相手からの情報を、あまり選別することなく逐次浴びているのではないだろうか。そのような状況から一時でも離脱して、本書を手に取っていただいたことを、幸運と呼ぶことができるだろうか。

スマホを扱う多くの人が苛立っている。情報の送受信の速度に対して、「遅い！」と声を上げる光景をよく目にするようになった。スマホ以上にパソコンでも作業展開の遅さに耐えられないというように、「遅い」ことに苛立っている。落ち着いて考えれば僅かな時間であるように思われるが、その「僅か」を待つことができない。交通機関の運行でも予約受付・発売などでも「最速」が謳われて、所要時間の「最短」を競っている。だいたいにして「最速」などと「速」では用字上不正確だと思われるものにも、「スピード」基準を強引に持ち込んでいる。政策を問われた際に政治家が、「スピード感」などと第一に言うようになったのはいつからだろうか。

鷲田清一が『「待つ」ということ』（角川学芸出版　二〇〇六年）を上梓してから十五年が経過した。その「まえがき」は「待たなくてよい社会になった。待つことができない社会になった。」と書き始められている。その直後に「携帯電話をこの国に住む半数以上のひとが持つようになって」とあるが、さらに十五年の年月が「携帯」↓「スマホ」に、「半数」↓「八割」に置き換えるような社会の変化が加速した。待ち合わせはもとより、日常生活での些細な局面でもスマホによる情報伝達が一般化し、一軒の家の中で家族同士がスマホで情報伝達をするような時代である。「待つこと」がすっかり社会から忘れられたといってもよいだろう。その上で敢えてここでは鷲田が「まえがき」で述べる次のような様態も加速度的に変化しているとしたら、大変に懸念される時代になったといえるのではないか。

せっかちは、息せききって現在を駆り、未来に向けて深い前傾姿勢をとっているようにみえて、じつは未来を視野に入れていない。未来というものの訪れを待ち受けるということがなく、いったん決めたものの枠内で一刻も早くその決着を見ようとする。待つというより迎えにゆくのだが、迎えようとしているのは未来ではない。ちょっと前に決めたことの結末である。決めたときに視野になかったものは、最後まで視野に入らない。頑《かたく》なであり、不寛容でもある。やりなおしとか修正を頑として認めない。結果が出なければ、すぐに別のひと、別のやり方で、というわけだ。待つことは法外にむずかしくなった。

（同書９〜10頁）

鷲田の前掲書（50頁）でも触れられているが、太宰治『走れメロス』は「待たせる身の辛さを描いた作品」である。この小説が中学校教科書（中学校二年生）に教材として初めて採録されてから既にほぼ六十年が経過し、今や中学校教科書ならどの出版社の教科書にも採録されている定番教材である。親子二代は確実で、既に三代にわたって同教材を中学校で学んだ家族さえいることになる。しかし、長年に及び多くの教室で「信実と友情の物語」であるというテーマばかりが強調され、「待たせる身」と「待つ身」そして命を賭けてその「待たせる」――「待つ」を演出しようとする三者三様（メロス・セリヌンティウス・ディオニス王）のそれぞれの物語があることに気づくことは少ないかもしれない。親友を勝手に人質にして妹を性急に結婚させ、一時は親友の命を「もうどうでもいい」と投げ出す偽善者のようなメロスにむけられた批判的な視線を、〈教室〉に持ち込むのは厄介だというのだろう。しかし、あらゆる面で「メロス」は「待てない」性質であるが、対照的に親友の「セリヌンティウス」ほど「待つこと」に長けた人物はいない。いやもしかすると、その「待たせる」―「待つ」という構図を逆手にとって演出したことで、最後まで「待つこと」を貫いた「ディオニス王」が民の心を悟る物語ともいえるかもしれない。

義務教育中学校二年生で、この教材があらゆる教科書に掲載されている意味は何だろう？　鷲田のことば（前掲書）を借りるならば、「〈待つ〉ことには『期待』や『希い《ねが》』や『祈り』が内包されている。否、いなければならない。〈待つ〉とは、その意味で、抱くことなのだ。」（16頁）ということだろう。時代は変わっても「待つこと」の意味を考える『走れメロス』の学習機会が用意されているにもかかわらず、十分に活かされているとはいえないことを問題提起しておきたい。中学校二年生の時のみならず、その後の人生の随所で「待たせる」―「待つ」プロットである『走れメロス』から、多くの「なぜ？」を読み取るべく、人生を通した読書の出発点が示される教材であるということに気づくべきである。

短歌県への「期待・希い・祈り」

誰しもが「待ち合わせ」の経験はあると思うが、その多くが恋人同士であるとして、それは「出逢う」ことからすべてがはじまるという世の摂理の象徴的な場面である。恋するもの同士が愛し合い、性愛の関係を持つことで新しい生命が誕生する。生命が誕生したのちも出産までの期間を、待たねばなるまい。命の根源からして「待たせる」―「待つ」関係性の中から、私たちはこの世に生を受ける。生を受けた後も物心がつくまで成長するのを、親も本人も「待つ」ことになる。小学校入学を待ち、中学校入学を待ち、義務教育を終え、世間でいかに生きるかを待つ。仕事をして自分が生きていくための生計を立てる状況を創るのを待ち、さらに人生をともに歩む伴侶の登場を待つ。ここで前述した「待ち合わせ」と恋愛の時点に再び到達した。その後も人生でなすべき仕事の成就を待ち、仕事をやり遂げた後の生活を待つ。それまでの人生を回顧して、余生をいかに暮らすかを待ち、死を迎える時機を待つ。このように考えてみると、悠久な自然宇宙の中に流れている「時間」の中で生きる以上、「待つ」ことから逃れることはできないことになる。「待つのは嫌な性分だ」などよく口にする人がいるが、どんなに嫌でも逃れることはできないのだ。むしろどこかでその宇宙の真理を無意識に自覚しているからこそ、「待つのは嫌いだ」と叫ぶのだろう。こうしている今でも、あなたは何かを待っている。だがしかし、「待つ」のみにあらず、この本と出逢って、「待つとは何か?」という問いに前向きな態度を見つけようとしているのかもしれない。しかし、それはそう簡単に見つかるものではない。

宮崎県は「短歌県日本一」になることを前向きに待っている。まさに前掲の鷲田のことばに当て嵌めるならば『短歌』への『期待』や『希い《ねが》』や『祈り』が内包されている。」のであり、県民が『短歌』を『抱く』ということになろう。どのようになれば日本一か? という定義は曖昧で、食料品の購入額などのように数値では計れない。しかし、県の政策のうちに「文学の興隆」が据えられているのは全国的にも貴重なこととして大切にすべきと筆者もその推進に協力している。元来、宮崎がなぜ「短歌県」を目指すかといえば、近現代短歌史に欠くべからざる存在の若山牧水の生誕地だからである。「白鳥は哀しからずや空の青海のあをにも染まずただよふ」の名歌は、高等学校のすべての教科書に掲載され(もう一つすべてに掲載される教材は、芥川龍之介の『羅生門』である)、また現代歌人へのアンケートでも名歌の代表と認識されている短歌である。かつて牧水の評価は、決して高くはなかった。若い頃から恋に溺れ酒浸りとなり、医師であった父を継ぐこともなく、結婚後も家族を顧みず旅ばかりしている、といった一面的な見方で凝り固まっていた時期があった。しかし、宮崎在住の歌人で牧水研究の第一人者・伊藤一彦によって、また県内外の顕彰団体や「牧水研究会」(研究誌『牧水研究』を発行。歌人個別の研究誌があるのは稀少)などの活動によって再評価が進み、「近現代短歌史に欠くべからざる存在」と評価されるようになった。筆者も『牧水研究』には論文・評論の執筆を重ねているが、この国の近現代史によって失われたものを牧水短歌は再起させてくれると考えている。本書の趣旨に沿うならば、「待つこと」においても牧水の短歌は大きな示唆を与えてくれる。

「われのうまれし朝のさびしさ」若山牧水と母

おもひやるかのうす青き峡《かひ》のおくにわれのうまれし朝のさびしさ

(若山牧水『路上』一九一一年)

若山牧水の生誕地は、現在の宮崎県日向市東郷町坪谷である。日向市内から耳川沿いに山間部を西に向かい、支流の坪谷川に出会い南へとさらに峡谷を分け入る、日向市から約三十〜四十分ほど自動車で走ると生家が現存し、坪谷川を挟んで「若山牧水記念文学館」がある。その峡谷の川の水の澄んだ青さといえば、牧水がそこで生活をしていた明治期と変わらないと思えるほど自然豊かな土地である。牧水は「延岡高等小学校」に入学のため、十二歳で坪谷を離れているが、生誕から少年時代を過ごしたこの土地と牧水短歌との関係は自然観の上で大きな影響があるといえる。掲出歌は、一九一一年（明治四十四）出版の第四歌集『路上』所載歌である。早稲田大学へ入学するために東京へ出てから七年目、この年の三月には故郷から「母重病」という報せを受け取るが帰郷せず、牧水は東京に留まっていた。掲出歌は明らかに「おもひやるかのうす青き峡のおくに」と故郷の坪谷川の光景を思い浮かべている。もとより「牧水」という号は、母親の名前「マキ＝牧」と坪谷川をイメージする「川＝水」からなり、ともに自らの生誕・育成そのものである「母親と故郷の川」を名にし負うわけである。作歌時点で母の病への深い心配もあろうが、「われのうまれし朝のさびしさ」という表現は人間の生きる上での摂理を感じさせる。「われのうまれし朝」というのは、母親の胎内に抱かれ同体であった時間から離れてしまう「朝」ということになる。母親から「うまれる」ということそのものが、「待たせる」――「待つ」の関係にあり、「うまれし」瞬間からそれぞれの「孤独」が始まる。坪谷から遥か遠く離れた東京で「重病」と知った母を慕うのは、「うまれし朝」まで時間を遡及し、母とお互いの「孤独」をひしひしと感じる時なのだろう。牧水と母・マキがお互いに「期待」「希《ねが》い」「祈り」を抱きつつも逢えずに想う「さびしさ」なのである。東京の牧水は、ただただ母親の病状の回復を待たねばならなかった。同歌集の掲出歌の直前には「ふるさとは山のおくなる山なりきうら若き母の乳にすがりき」という歌もある。空間的に遠くなった故郷の「山のおく」を強調するとともに、「うら若き母」を思い返す牧水の物心もつかない自らの存在への想像が胸に響く歌である。人は生誕の際から、「待たせる」―「待つ」の関係性の中に置かれている。

待つことは生きること

「生まれる」ことが「待たせる」―「待つ」ことだと前項で述べたが、「生きること」そのものが「待つこと」ともいえるのではないだろうか。十九世紀フランスの作家・ユーゴーによって「人はみな不定期の猶予つきで死刑に処せられている。」(『死刑囚最後の日』豊島与志雄訳　岩波書店　一九五〇年　19頁）という考え方も示されている。日本では中世に盛んに語られた「無常観」に類する発想であるが、生命の真理は確かに言い得ているにしても、既にくり返し述べて来たように、「生きること」には鷲田の述べる「期待」「希《ねが》い」「祈り」こそが必要になる。「待つこと」が宿命的である人間が「生《あ》るる」とはどういうことなのだろう。

死ぬために命は生《あ》るる大洋の古代微笑のごときさざなみ　（春日井建『青葦』一九八四年）

掲出歌は、一九三八年（昭和十三）生まれ、ロマン性の高い歌風が特長の春日井建という歌人の八〇年代に出版された歌集にある短歌である。初句・二句で「死ぬために命は生《あ》るる」と明言している。「生るる」を「あるる」と読むのは、「生《あ》る」という語が特に古語では「神霊、天皇など、神聖なものが出現する」という意味があって、「うまれる」とは異なる語である。そこには「命」を「神霊的」と見る背景もあるが、さらにはこの世の摂理に思いを致すような趣旨が、掲出歌の場合は深く読み取れる。「命は生るる」根源的な生成の場である「大洋（大海）」において、「古代微笑のごときさざなみ」という宇宙的なスケールでの生命の誕生を思わせる。掲出歌には次のような詞書《ことばがき》が付されている。

ギリシャの古詩を愛読して久しい。少年の私にヘレニズムの美を教へた人は、自ら死を選んだ。歌がイオニヤ式の円柱のやうに立つことを願ひながら、これは死者への頌歌《オード》である。

ここでいう「死者」とは三島由紀夫、同歌集の最終章として三島に捧げた「春の餞」冒頭の一連のうちの一首が掲出歌である。「ヘレニズムの美」としての特徴は、「ギリシャアルカイック期の彫刻に顕著な、口もとに微笑を浮かべたような表情。中国六朝時代や日本の飛鳥時代の仏像の表情にもいう。」と『日本国語大辞典第二版』（小学館）にある。その「微笑のごときさざなみ」が抱くものこそが、「期待」「希《ねが》い」「祈り」に通ずるだろう。決して「死刑」ではなく、我々の個々の生命は「古代微笑のごときさざなみ」に抱かれているのだ。海を見ると無性に落ち着いた気分になるのも、たぶんこのような発想が根にあるはずだ。海を見ている人が「何かを待っている」ように見えるとしたら、たぶん「古代微笑のごときさざなみ」を待っているのだと考えたくなる一首である。「死ぬため」を意識することは、円環的な生命の摂理の中で「生るる」を意識することになる。「死」を思うからこそ「生《あ》る」、「待つこと」は生命の循環の中に不可欠な向き合い方なのだ。

恋は待つこと

「日本の恋歌」と書名にありながら、ここまで「待つこと」ばかりを話題にしてきた。それには理由がある。「日本の恋歌」の多くが、「待つこと」を素材にしているからである。前項で「待つことは生きること」と述べたが、「生きる」とは誰かと出逢うことの連続であるともいえる。胎内から「生る《あ》」となると、まず母親の顔に出逢い、次々と母親に関係した人々に出逢ってゆく。やがて成長とともに小さな社会から次第に大きな社会において、多くの見知らぬ人々と出逢ってゆく。やがて親離れをすると、自らの孤独を埋める存在に出逢いたくなる。それが「恋」ということになるだろう。その恋は、母親との関係ほど運命的に結びついているとは限らず、簡単に関係を結べるような代物ではない。そこに恋の苦悩と同居する尽きない魅力があるともいえよう。どんなに通信手段が便利で高速になったとしても、恋は「待つこと」なくしては成立しない。

待つといふ苦しきことを知らぬ身となりたる今日のあはれなるかな

（原阿佐緒『涙痕』一九一三年）

掲出歌は、若山牧水の生まれた三年後、一八八八年（明治二十一）生まれの原阿佐緒の一首。阿佐緒は妻子ある男性と恋に落ち、歌集『涙痕』（東雲堂書店　一九一三年）にはその恋の苦しみを詠ったものが多数掲載されている。掲出歌では「待つといふ苦しきことを知らぬ身となりたる今日」とあるように、その「苦しきこと」から解放された日のことを詠んでいる。通常であれば「苦しきこと」から解放されたことに安堵するものだが、そんな「今日のあはれなるかな」と阿佐緒は詠う。苦しいながらも、阿佐緒にとって、「待つという」そのものが「恋」なのであった。その「苦しきこと」が無くなった「今日」の自分は、「あはれなるかな」と苦悩の度合いは深い。社会的には「苦しきこと」が多かったであろう阿佐緒、その歌は明らかに「恋は待つこと」であると我々に訴えるのである。

待つことの讃歌

「待つ恋」の短歌をもう一首。

君を待つ土曜日なりき待つという時間を食べて女は生きる

（俵万智『サラダ記念日』一九八七年）

「短歌県みやざき」を推進するには欠かせない歌人、それは俵万智である。二〇一六年より沖縄県石垣島より宮崎に移住、それ以前から「牧水・短歌甲子園」審査員など機会のあるごとに宮崎を訪れていた。俵が所属する短歌結社「心の花」における、有力な歌人として長年にわたり交流のあった伊藤一彦のいる土地。同じく「心の花」で社会派の短歌に魅力ある大口玲子らと、短歌の仲間が集まる県であったことも移住の要因と聞く。地元紙・宮崎日日新聞の月連載「海のあお通信」や各種の短歌イベントを通じて、「宮崎を日本一の短歌県に」とくり返し発信している。その俵のデビュー作であり爆発的な短歌ブームを巻き起こした第一歌集『サラダ記念日』より、「待つこと」を素材にしたのが掲出歌である。同歌集には若く屈託のない爽やかで全肯定的な恋歌が多いが、掲出歌もまた「待つこと」を前向きに肯定する恋を楽しむような創作主体の心が読める。

「君を待つ土曜日なりき」とある「なりき」の「き」は過去を表す（文語）助動詞、「経験した過去」という古典語なりの用法とともに、近現代短歌では「詠嘆」を表現する用法もあると指摘されている。「土曜日」の「待つ」という経験を振り返るとともに、「詠嘆」で考えると「君を待つ土曜日」の特別感が読み取れる。休日の土曜日に「君」と待ち合わせをしたが、その待ち時間が長かったのか、はてまた自ら早目に待ち合わせ場所に出向いたのか、いずれにしてもことばにしたくなるほどの時間、「君」を待ったわけである。しかし、その「君を待つ土曜日」に負の要素を見出すことはない。あらためて内省して自らを見つめると、「待つという時間を食べて」とあるように、「待つこと」を栄養素にしながら「女は生きる」と結句に向けての断言が強く心に伝わってくる。特に「時間を食べて」という響きには、「じ」「べ」という濁音が加わり、「待つ」の「ま」、「時間」の「か」、「食べて」の「た」のそれぞれア段音の明るい響きと相俟って、鮮烈な「待つという時間」の全肯定讃歌に聴こえて来る。以上のように、二首の恋歌を読んでみたが、「待つこと」ゆえの「恋歌」であるといえそうである。

『古今和歌集』恋歌 ――【桑田佳祐『ほととぎす［杜鵑草］』】

「恋歌」というと何を想像するだろうか？　詩歌に親しみのある人ならば、「和歌短歌」を想像するだろうが、多くの人は「恋をテーマとした歌詞の楽曲」を想像するのではないだろうか。本書の大きな趣旨として、この相互の「読み比べ」を掲げているわけだが、本章でまずは、その試みを記すことから始めてみたい。

抑々《そもそも》、和歌短歌史における黎明期に成立したとされる『万葉集』では、大きく三種類のテーマに拠る和歌の類別がなされていた。「相聞歌」「挽歌」「雑歌」である。このうち「相聞歌」が「恋歌」に当たるもので、「挽歌」は後の「哀傷歌」で人の死を悼む歌、「雑歌」はいずれの類型にも属さない「その他の歌」といっておこう。奈良時代の『万葉集』から約百五十年後の平安時代になると『古今和歌集』が天皇の命によって撰集されることになる。二十巻で編纂された歌集の二大テーマは、「四季」と「恋」であった。この『古今和歌集』の巻名には、「恋歌」が使用されている。特に二十巻中の五巻を占める「恋歌」の巻頭歌には、この巻名を包括し先導する趣旨が込められているとも考えられる。その「恋歌」巻頭の歌を読んでみることにしよう。

ほととぎす鳴くや五月のあやめ草あやめも知らぬ恋もするかな

（『古今和歌集』巻十一・恋一・よみ人しらず）

ほととぎすが郷にやってきて鳴く五月（夏）に咲く「あやめ草（菖蒲）」の名にあるように、ものの分別（理性）も知らぬように心を乱す恋もすることだ、といった歌の解となる。「あやめ草」までの三句目までが「あやめも知らぬ」を同音の語から導き出す序詞となっている。その序詞に込められた「ほととぎす」と「五月のあやめ草」の自然における夏のイメージそのものが、恋の分別の無さを暗示するような心の風景として響き合う。「ほととぎす」の古典和歌におけるイメージは、「忍び音」や「吐血」（口の中が赤いことに由来する）などがあり、身を切るような恋への思いを連想させる。また「あやめも知らぬ」というのが、恋において「社会的な分別・理性」を超えてしまうといった恋の行方を暗示する。平安朝和歌の初期の時点で、このような「戯れ」「身悶え」「せつなさ」「虚しさ」などを髣髴とする和歌表現があったことは注目すべきであろうと思われる。

「ほととぎす」などの鳥を意識する感性も衰えた現代だと思われるが、ここで桑田佳祐のソロアルバム『がらくた』（二〇一七年リリース）に収録された、その名も「ほととぎす［杜鵑草］」という楽曲の歌詞を読み比べてみよう。

『ほととぎす［杜鵑草］』

（作詞・作曲：桑田佳祐／編曲：桑田佳祐&片山敦夫　二〇一七年）

人は何故　戯れに
叶わぬ恋に身悶えて
せつなさと虚しさに
心を乱すのでしょう？

逢いたくて恋しくて
あなたと共に添い遂げて
もし夢が叶うなら
生まれ変われますように

川は流れ　水面《みなも》　煌《きら》めいて
木立そよぐ　緑麗しい

夏の日が蘇る

星の瞬きより儚い人生《いのち》と
君と出会って覚えた
砂の粒より小さな運命《さだめ》忍んで
見つめ合った日は帰らず

時は過ぎ　人は去《ゆ》き
すべてが思い出に変わり
幸せの意味さえも
サヨナラのあとで知る

長い旅の途中の車窓には
冬の風に吹かれてなびく
面影が揺れている

寂しがり屋の誰かを励ますように
こぼさぬように　涙を
あなたがいつも笑顔でありますように
たった一言の「お元気で」

星の瞬きより儚い人生《いのち》と
君と出会って覚えた
砂の粒より小さな運命《さだめ》忍んで
繋ぎ合った手を離して
振り向かないで　未来へ
見つめ合った日は帰らず

（ＪＡＳＲＡＣ 出 2105255-101）

既にお分かりの方もいるだろうが、前述した『古今和歌集』の「ほととぎす」や「あやめ草」が髣髴するものとして記した恋の精神的作用が、曲の冒頭から居並んでいる。「人は何故　戯

れに　叶わぬ恋に身悶えて　せつなさと虚しさに　心を乱すのでしょう」これに続き「逢いたくて　恋しくて」と続くが、その恋心は「もし夢が叶うなら、生まれ変われますように」という永遠への祈りに連なっていく。歌詞中に「ほととぎす［杜鵑草］」は一度も登場することはないが、「川は流れ　水面　煌めいて　木立そよぐ　緑麗しい　夏の日が蘇る」という季節観が提示される背景に、「ほととぎす［杜鵑］」の「忍び音」や「吐血するほどの訴え」の果ての熱い恋心が隠されている。その穏やかさに潜む熱い恋心は、「星の瞬きより儚い人生《いのち》と　君と出会って覚えた　砂の粒より小さな運命《さだめ》忍んで　見つめ合った日は帰らず」と、やはり儚い「あやめも知らぬ」恋の結末を想像させる。

二番の歌詞では「時は過ぎ　人は去《ゆ》き　すべてが思い出に変わり　幸せの意味さえも　サヨナラのあとで知る」とある。「あやめも知らぬ恋」は、時とともに去り、「思い出」となった後にようやく「幸せの意味」が知られるが、しかしもはや「サヨナラのあと」でしかない。歌詞一番の夏の光景と対照的に、人生を思わせる「長い旅の途中の車窓には」に続いて、「冬の風に吹かれてなびく　面影が揺れている」とただただ思い出に依存するしかない恋の儚さが語られる。「寂しがり屋の誰か」と自らを「励ますように」、そしてまた「あなたがいつも笑顔でありますように」と恋した相手を思いやり「たった一言の『お元気で』」ということばを虚空に投げる。ひとつの恋をして「繋ぎ合った手を離して　振り向かないで　未来へ　見つめ合った日は帰らず」と曲は結ばれてゆく。桑田佳祐がこの作品に「ほととぎす［杜鵑草］」という題名を付けた理由は十分に測りかねるが、ここでは『古今和歌集』恋歌の巻頭歌との共通点が如実にあることを述べておくことにしたい。また、「ほととぎす」の漢字表記はいくつもあるが、特に「杜鵑草」とした場合には、ユリ科の多年草を指す場合も考えられる。元来その花びらは白地に紫斑があり、鳥のほととぎすの胸模様を連想させることで命名されたらしい。中でも「キバナノホトトギス」という品種は、宮崎県の固有種であることを付言しておこう。

桑田佳祐の同アルバムには、歌詞が掲載された冊子『波乗文庫』（ビクターエンタテインメント　二〇一七年）が付録されている。歌詞のみならず収録曲に対する桑田の思いが、自由なエッセイとして掲載されている。この「ほととぎす［杜鵑草］」のエッセイの一節には、「ちなみに『ウタ』の語源は『訴える』だそうな。」とある点も注目される。エッセイ全体の趣旨は桑田の「バラードに対する考え方」を垣間見ることができるが、さらには「歌（ウタ）」に対する深い思いも語られている。その一節をここでは引用しておくことにしよう。

苦しいばっかりじゃ人間生きてられないから、我々はどこかで「悲しみ」に落とし前をつけ、「辛さ」と縁を切るために映画や音楽にすがりつき（宗教やドラッグてのもあるけど）泣き喚いたり大声で歌いたくなるのだろう。

（『波乗文庫』41～42頁）

桑田の「バラードをつくるモチベーション」というのが、和歌短歌の存在理由の一つにも挙げられるような主張であることは興味深い。

クリスマスと待つこと

本章を以後の章に導くために、書名の『日本の恋歌とクリスマス』との関係について言及しておきたい。本章では先んじて「待つこと」への考え方を「生きること」に結びつけて述べ、その後、「恋」というものが限りなく「待つこと」と同化したものであることを述べて来た。苦しくとも「待つこと」を喪失すれば「あはれなる」身となり、「待つという時間を食べて女は生きる」と詠われたように、「待つこと」が「恋」そのものといっても過言ではない。その「待つこと」＝「恋」が究極な形で表面化するのが、「クリスマス・イブ」ということになろうか。日本では特に明治時代以降、その宗教的意味とはかけ離れた社会的な行事として各時代のあり方を照らして来たともいえよう。これまで「恋」について記したように、「待つこと」の苦しさ辛さをも含み込んだ、決して華やかなだけではない年中行事としての諸相を見せて来た。本書では主に短歌とＪ－ｐｏｐの歌詞を読み比べつつ、「日本の恋歌」に表現された心と「クリスマス」の心とを重ね合わせることで、「恋」と「クリスマス」について考えていきたい。その問題提起にあたり、次の一首を提示しておこう。

待つ人はつねに来る人より多くこの街にまた聖夜ちかづく

（小島ゆかり『ごく自然なる愛』二〇〇七年）

若山牧水賞第五回受賞者（二〇〇〇年）で、宮崎県の短歌関連行事に際して頻繁に来県機会も多い、小島ゆかりの二〇〇七年出版の歌集『ごく自然なる愛』所載の一首。なぜ「この街」には「待つ人」が多いのだろう？　いや多く見えるのだろうか？「聖夜」という演出が、「この街」における「待つこと」を考える契機を与えてくれている。掲出歌は「永久の待ち人～渋谷駅ハチ公前～」という連作五首中の一首である。「渋谷駅ハチ公前」はいわずと知れた「待ち合わせの名所」であるが、「ハチ公」の逸話が銅像によって髣髴とされ、「待つ人はつねに来る人より多く」を可視化させる名所ともいえよう。連作の一首目には次の歌が見える。

冬空の青すぎる日はだれもだれもひそかなる永久《とは》の待ち人をもつ
（小島ゆかり『ごく自然なる愛』二〇〇七年）

「ひそかなる」により人ひとりの心の奥行の深さを、「永久の待ち人」によりこの世に生きることの摂理を感じさせる。「冬空の青すぎる日」は、そんな哲学的な象徴ともいえる冴えて引き締まった風景であるか。「だれもだれも」と「ハチ公前」のあらゆる人々から発し、あらゆる人々が当てはまると普遍化していく。そして連作を締め括る歌では、次のように詠われる。

もうだれを待つかわからず息ふかく吐きてわたしがだれかわからず
（小島ゆかり『ごく自然なる愛』二〇〇七年）

掲出歌では「もうだれを待つかわからず」と、都会の待ち合わせ場所の雑踏の複雑な思いが表現される。「人を待つ」ということは、誠に様々な心性をもたらすものだ。最終的に「わたしがだれかわからず」と自己存在が錯綜し喪失しそうな混濁に溺れるような心持ちが読める。「永久の待ち人」から「わたしがだれかわからず」に至る心の動きが、やはり「つねに来る人より多く」というクリスマスに連なることで露わになるのだ。

「忘れられた待つこと」の時代にあって、あらためて「日本の恋歌とクリスマス」について、読者のみなさんとともに考えていこう。

第二章　「身もこがれつつ」

——『百人一首』の待つ恋

古典の中に「我（われ）」を見つける

世間には「古典」と聞くだけで、とっつきにくいと感じる人も少なくない。その原因の多くが、残念ながら「高等学校の古典授業」であるのが現実である。筆者の所属する大学学部に入学してくる一年生の学生らに、毎年のように「国語で嫌いだったこと」を自由に書いてもらうと、ほぼ七割方は「古典文法の暗記」とか「古典を学ぶ意味がわからないこと」などが挙げられる。本書の読者のみなさんはいかがであろうか？「文法」という読むための「技術」や「現代語訳に変換する」ことのみが求められ、古典の中に生きる「人の心」に根ざした「物語」を読もうとすることが、あまりにも疎かにされているのではないかと思う。筆者も長年、中学校・高等学校の教壇に立ってきたのだが、常に目指すべきは「楽しい授業」が念頭にあった。「楽しい」とは、些末な脱線等で笑えないような笑いを誘うような行為ではなく、教材の中に「自分」「父母」や「隣のおばさん・おじさん」を発見できることだろう。ある物語のある局面に立たされた登場人物と、「我（われ）」が同じような考え方を選択したとしよう。登場人物に当事者的な親近感を覚えはしないだろうか？　また、登場人物の発言の中に、「自分の周囲にいる大人」の発言と類似したものを感じたとしよう。いつの時代も「親は親」であり、お節介な「隣のおばさん・おじさん」的な存在との関係が実は大切だと気づいたりするものだ。「国語」における新しい学び方が模索されている今、まさに「教材の中の我（われ）」の発見こそが、多くの人に意義ある学びの方向性である。このような趣旨を念頭に置きながら、本章では『百人一首』の表現に、「私たち」を発見したいと思うのである。

『百人一首』の味わい方

世間では、いや日本ではといったらよいか、「学習＝暗記」だと考える人が多い。定期試験前の中高生はよく、「覚えられない」と友だちなどにこぼしているのを見かける。前項で述べた「新しい学び方」では、「学習」は「自己の思いを抱き深く考え」「広い視野で物事を決めたり、または「自分の経験を手掛かりに自由に実像を思い描く」ことである。ただ単に「覚えろ」というのは時と場合によるのだが、教え方として感心できない。読者のみなさんも、小中高校時代に「『百人一首』を暗記せよ」と言われた経験はないだろうか。場合によっては「暗誦テスト」などが課され、試験で虫食い問題が出題されたりもする。通知表の評価が気になるから「仕方なく」覚えた方も少なくないのでは……。しかし、暗誦や試験が終わると、氷が溶けてしまうように脳裏から音もなく崩れ去ってしまう。何となく覚えた経験はあるが、今は思い出せない人も多いことだろう。では『百人一首』を楽しく学び、その後の人生で意味ある学びとするにはどうしたらよいか？　本書ではそんな立場でまずは『百人一首』の和歌の味わい方を考えてみたい。

文字通り「百人」の歌人らの「(各)一首」が収められた詞華集（アンソロジー）が、『百人一首』である。その成立や諸本などの事情に関しては、専門とする書籍に解説を譲ることにしよう。また『百人一首』はカルタとして世間に受け止められてきたことから、通常のカルタ遊びから競技カルタまで、幅広い人々に愛好されてきた。さらには絵札を使用した簡単な遊びとして「坊主めくり」などは、誰もが楽しめる遊びである。競技カルタなどの状況を見ると、「いかに速く札を取るか」が最優先事項であり、和歌の意味は二の次であると聞いたことがある。「一字決まり」「二字決まり」など技巧的な早技があるのも、和歌の内容を考えない一つの証である。筆者が中学校教員でありし頃、勤務校では一月になると必ず「百人一首大会」を開催していた。生徒らの様子を見ていると、「人気の札」があることに気が付いた。それは「マニマニ札」である。読み上げ者が「この……」と朗詠を始めると、複数人が争うように結句

（五七五七七最後「七」の五句目のこと）の最後に「マニマニ」とある札に飛びかかる。その凄まじさは喧嘩を誘発するほどで驚いたのだが、要は技巧的な覚え方を生徒らが開発していたわけである。

このたびは幣《ぬさ》もとりあへず手向山《たむけやま》もみぢの錦《にしき》神のまにまに

（『百人一首』二十四番歌・菅原道真）

「マニマニ札」の正体はこの和歌である。その後の授業で生徒たちに聞いてみると、「マニマニ」の歌が「菅原道真」の和歌であること（ましてや受験の神様であること）も、紅葉を素材とした秋の歌であることも、ほとんど理解していない者が大半であった。だが思うに、「マニマニ」という言葉の響きに敏感に反応したという要素には、注目をしておくべきかと思う。和歌短歌の要素として最も大切なのは「音楽（響き・韻律・調べ）」である。好きなミュージシャンの歌詞を無意識に覚えてしまうように、中学生は「このたびは……」の「この」という歌い出しと、締め括りの「マニマニ」にある種の呼応と面白さを感じ取っていたのである。これもまた一概に否定できない和歌の味わい方である。

『百人一首』のテーマ

「坊主めくり」をして遊ぶと、「坊主（僧侶）」「姫（女流歌人）」「殿方（男性歌人）」を強く意識するようになる。『百人一首』の歌人が概ねこの三分類であることが明らかに摑める。個々の歌人にそれぞれの事情はあるにせよ、現代でもこれほど読まれる詞華集（アンソロジー）において、なぜこの「百人」が選ばれたのか？　という謎と疑問は、そう簡単には説明できない。歌人の選定とともに、なぜこの「和歌」が選ばれたのか？　という謎も深い。古来より和歌の世界では、特に勅撰集などの歌集を編纂することや歌合をすることが公の晴れの舞台で行われてきた。歌集の編纂には必ず選歌が伴い、この和歌をどんな理由で歌集に採択するかという判断が、編纂者に委ねられることになる。また歌合となれば左右各一首ずつに番えられた和歌の「勝敗」を決する判者が求められる。和歌を選ばれる名誉そのものが、歌人の歌作の大きな原動力になっていたと考えられる。こうした意味では、星の数ほどある和歌の中から各時代を網羅して「百人」の歌人の和歌を選ぶ作業というのは、実に困難極まりない「仕事」であると思われる。

そのような「仕事」をしたとされるのが平安末から鎌倉期に活躍した藤原定家である。基本的に『百人一首』の和歌は、時代順に並べられており奈良時代から平安時代を経て、藤原定家が活躍した同時代までの歌を収録し時代の古い和歌から順に並べられている。簡単にいうならば、藤原定家の時代にあり得る究極の選歌による当代までの「和歌史」ということになる。「なぜこの歌人のこの歌？」という疑問もないことはないが、「選歌したこと」そのものが「壮大な仕事」として評価されるべきだろう。

さて、すると選ばれた「百首」の和歌のテーマはどうなっているか？ が気になってくる。あくまで「時代順」を大きな基準に据えたとしても、読者としてはどんなテーマ・素材の和歌であるかによって興味の度合いも違ってくるだろう。その前提として、古典和歌にはどのようなテーマが多いのか？ といった疑問とともに「和歌のテーマ性」を考えてみよう。奈良時代に編纂された『万葉集』においては、大きく「相聞」(恋歌)「挽歌」(死を悼む歌)「雑歌」(前二分類に含まれない歌)の三分類が既に編纂上で意識されている。平安時代になり、初めて天皇の勅命で編纂された『古今和歌集』では、「四季」と「恋」が大きな二大テーマとなっている。以後、平安時代和歌史の上では、基本的に「四季」か「恋」の歌が基本的なテーマとされていく。このような和歌史を踏まえると、『百人一首』のテーマ構成は以下のようになる。

恋歌＝四十三首
四季歌＝三十二首（春＝六首・夏＝四首・秋＝十六首・冬＝六首）
旅・離別歌＝六首
雑歌＝十九首（以上の分類に入らない和歌）

以上のように、概ね当代までの主に勅撰和歌集と同様なテーマと比率構成で和歌が収められている。「四季」をテーマにした歌よりも「恋」の歌が数量的に優位であるということは和歌を考える上で重要である。この数字を確かめた今、カルタ遊びをしていた際に四一三％が「恋歌」であるということに気付いていた方はどれほどいるだろうか？　あらためて『百人一首』は多くの「恋歌」を含んでいることに注目してみよう。必然的に読者のみなさんが身近に向き合わざるを得ない「恋」として、その和歌の中に「我」を発見しやすいといえそうだ。

「身もこがれつつ」藤原定家――題詠という方法

来ぬ人をまつほの浦の夕なぎに焼くや藻塩《もしほ》の身もこがれつつ

（『百人一首』九十七番歌・藤原定家）

『百人一首』という詞華集（アンソロジー）を選歌した定家自身の和歌は、配列の上では最後から四首目に位置する掲出歌である。和歌史の名だたる歌人の名歌を集成してきた当人として、自らの和歌をどれにするかは悩ましい選択であっただろう。そんな中で、やはり「恋歌」を選んだのは単なる偶然ではあるまい。前後に並ぶ和歌を見ると、前の九十六番歌が藤原公経の「老いを嘆く」テーマの歌。後の九十八番歌が藤原家隆の「夏（四季）」の歌である。さらに百首の終末部分には、後鳥羽院と順徳院が配されていて、世情を嘆く歌や往時の盛りを懐古する歌となっている。詞華集の締め括りはどのようであるか？　自ずと『百人一首』の場合は、寂しく悲しい歌が多くなってしまっている。このことは、それまでの多くの勅撰集が「四季」ならばその進行の順番に、「恋」ならばその過程の順番になる「物語（時間的進行）」を和歌の配列で築いてきたという伝統があった。一年が終わりを告げるように、恋もまた散って終わりを告げる。さらにいえば、この世は栄枯盛衰、栄え盛りの時があれば枯れ衰える時も来る。そのような世の無常こそが、宇宙の元での「この世」の摂理であると主張するかのようである。文学の終末には自ずと哀しみがつきまとうのである。

そんな「哀しみ」の中に置いた定家自らの一首の内容に戻ろう。この九十七番歌の大きなテーマは「待つ」ことである。初句に「来ぬ人を」とあるように我が身の元へ来るであろうと期待する恋人が「来ぬ人」となり、それを「まつほの浦」と続くように「待つ」歌である。ただ「まつほの浦」となっているのは地名で、動詞の「待つ」と「まつほの浦」という地名を掛詞《かけことば》にしているわけである。「来ぬ人を」という初句は必然的に「待つ」という言葉を求め、この掛詞の存在が響きの上でも大変に有効に機能している。掛詞の「まつほの浦」とは、現在の明石海峡大橋のあたりで淡路島の景勝地である。歌は以下、「まつほの浦」あたりの「夕凪」の海辺で焼く藻塩（海藻から取る塩。海藻を簀の上に載せ上から海水を何度もかけて塩分を含ませて焼き、その灰を水に溶かして上澄みを取る製塩法のこと）のようにと、具体的な景物が詠み込まれるが、この部分が「序詞」となって「（恋心で）身もこがれつつ」という結句につながる構成で、大変に技巧的な歌である。声に出して読めばわかるように、とても響きがよく「浦」「夕なぎ」

「藻塩」などといった語句の響きとともに、「まつほの浦の夕なぎに」に見える「の」の連続や、「焼くや」の「や」、結句の「つつ」などの助詞の響きが巧妙に連鎖して一首を滑らかにしている。テーマの「待つこと」を表現するにあたり、韻律上でも実に巧妙に出来上がった一首である。

「百人」に限定された詞華集（アンソロジー）を編集する際に、自分自身の歌の扱いをどうしたらよいか？　定家の当時は「自賛歌（代表歌）」（現代短歌では「自選歌」という）という考え方があった。掲出歌の場合は、定家自らが「定家卿百番自歌合」という歌合（晴れの場で行われ、相撲のように和歌を左右に番えて優劣を競う行事）にも選歌している。間違いなく定家自身でもこの和歌を気に入っていたことがわかるが、読者のみなさんはなぜ自らの「恋歌」を「自賛」するのだろう？　という疑問を抱く人もいるのではないか。どちらかというと、公にはしたくない恋心をなぜ「自賛歌」として公の場に出そうとするのだろう？　などと。この点が本書で「恋歌」を考える際に、大変に重要な考え方の一つになる。

古典和歌では、その多くの歌が「題詠」として詠まれた。あらかじめ詠歌のテーマが与えられて、それに適った和歌を制作するわけである。掲出歌も「建保四年閏六月内裏歌合」という公の場において「恋」の題詠として詠まれた和歌である。定家は自らの現実の恋の体験を素材としたわけではなく、世間一般において誰しもが考えるであろう、当時の女性の立場に仮託し待ち焦がれる恋心を和歌に詠んだことになる。こうした事情においても「待つ恋」というのは普遍的なテーマであるともいえよう。

もう一点、題材の取り方という観点でこの歌の特徴を述べておくことにしよう。藤原定家が活躍した時代に流行した和歌の作り方であるが、「本歌取り」といってそれ以前に詠まれた和歌の語句や詩想を基にして、自らの和歌を構成していくという方法である。掲出歌の場合、『万葉集』（巻六・九四〇番歌・笠金村）の次の長歌が本歌となっている。

名寸隅《なきすみ》の　舟瀬ゆ見ゆる　淡路島　松帆の浦に　朝なぎに　玉藻《たまも》刈りつつ　夕なぎに　藻《も》
塩《しほ》焼きつつ　海人娘女《あまをとめ》　ありとは聞けど　見に行かむ　よしのなければ　ますらをの　心
はなしに　たわや女の　思ひたわみて　た廻《もとほ》り　我《あ》れはぞ恋ふる　舟楫《ふなかぢ》をなみ

「松帆の浦」「朝なぎ」「藻塩焼きつつ」あたりの語句を、この長歌に取材し自らの「五七五七七」に活かしているという訳である。この場面の光景は誠に寂しい海辺の光景として、定家の当時は誰しもが想い浮かべることができるものであった。その寂しい光景を恋心に重ねることで、「藻塩焼きつつ」のじりじりと焼け焦げる煙を「来ぬ人をまつ」身の辛さ・せつなさの象徴とする表現に仕立てたというわけである。『万葉集』にある古歌の風景を蘇らせるとともに、誰しもが痛感する「恋心」のやるせなさを、情景を描写することで眼に見えない「心」のあり方を具体的に伝える表現とし、いわゆる景情融合の見事な一首に仕立てているといってよいだろう。和歌とはこのように古歌を意識して重ねることで、また、比喩や象徴を巧みに一首の中に表現するという「ことばと心のリレー」をくり返すことで、今や千三百年に及ぶ歴史の中で脈々と現代にまで続いているというわけである。

「有明の月を待ち出でつるかな」素性法師 ―― 和歌を舞台に演じる

今来《こ》むといひしばかりに長月の有明の月を待ち出《い》でつるかな

（『百人一首』二十一番歌・素性法師）

『百人一首』を選歌した定家が、「題詠」により恋焦がれる女性の立場からその心を詠んだことを述べたが、「代作」として、舞台で演じるように他者の立場で和歌を詠むことは、定家以前にも少なくなかった。掲出歌は日本で初の勅撰集（天皇の命で編纂された和歌集）『古今和歌集』成立前夜に活躍した素性法師の『百人一首』所載歌である。『古今和歌集』を紐解くと、この歌は恋四の「待つ恋」をテーマとする歌群に並べられており、平安時代の「通い婚」の習俗からして一夜の逢瀬の約束を待つ女性の立場での詠歌と読める。『古今和歌集』を撰集した中心人物は紀貫之であるが、その著作とされる『土佐日記』は、「男もすなる日記といふものを女もしてみむとてするなり。（男性官人たちが漢文により日々書くとか聞いている日記というものを、女である私も仮名で書いてみようと思いこうして書くのである。）」という冒頭で、土佐守の任が解けて京へと帰る旅路のあり様を女性仮託で綴った作品は、新たな「日記文学」という形態の祖となった。これと同様に、男性歌人が女性の立場を演じるようにその心を想像して詠歌の素材とした例が多くあるわけである。

「文学」とは、基本的に「虚構（フィクション）」の上に成り立つ。だが「想像」し創られた内容が「嘘」だといって価値が下がるわけではない。むしろ世の中の普遍的な事象を「現実以上の真実」としてことばによって紡ぎ出す点に大きな価値が見出せる。中学校・高等学校の授業で「作者」という用語の扱いが曖昧なことが多いからだろうか、「作者＝（小説の中の）私」と勘違いしている人はいないだろうか？「国語」の授業に「作者の意図は？」という発問が多く為され、どのようにしても正解などはわからないであろうことに対して「正解がある」かのように「答え」を求める指導が、いつまでたっても行われていることは悩ましい。『古今和歌集』（九〇五年成立とされるのが通説）の成立した平安時代前中期には、和歌が明らかに虚構であることを前提に、公の和歌集に採録されていたことを考えるべきである。

掲出歌は「女性が約束した男性の来訪を待つ」物語があり、その「心」の部分に焦点を絞って表現した抒情性のある和歌である。「（恋するあなたが）今すぐに行きましょう、などと言ったばかりに長々しい夜を独りで待っていましたが、（あなたは）いらっしゃらないので、（私が待っていたわけでもない夜更けになって出る）長月の有明の月を待ち明かすことになってしまいましたわ。」といった意味に解することができる。先に述べた紀貫之『土佐日記』のように、素性法師が女性に仮託することで、その「待つ恋」の心情の微妙な思いを一首に仕立てている。役者が舞台で芝居を演ずるように、「和歌」という舞台上で素性法師が「待つ女」を演じていることになる。このことは男性を「待つ」ことしかできない女性の苦しい立場を想像し、十分に理解する上で大きな効果を持つはずである。『古今和歌集』には先ほど『土佐日記』作者として述べた紀貫之が、仮名文字で序文（仮名序）を記している。その中に「和歌の効用」として「男《をとこ》女《をんな》の仲をも和らげ」という一節がある。概ね男女間の贈答に和歌が使用され、恋心を伝え合い相互に和む上での効用があると理解されているが、「男女がお互いの立場を演じることで心を理解し合う」という意味でも、和歌の効用があったのではないかという解釈もできると筆者は考えている。「題詠」という古典和歌で発展した方法が、人間同士の様々な心のつながりに貢献する。「待つ恋」は辛いものであるが、その「真実」を具体的な一夜の気持ちとして表現することで、人と人との相互理解の道具になることに注目したい。

「嘆きつつひとり寝る夜の」右大将道綱母 —— 女流歌人の哀歌

嘆きつつひとり寝《ぬ》る夜《よ》の明くる間はいかに久しきものとかは知る

（『百人一首』五十三番歌・右大将道綱母）

二〇二〇年を超えても「男女平等」が逐一取り沙汰される日本社会であるが、平安時代は明らかに男性優位な社会であった。『百人一首』は奈良・平安・鎌倉初期にかけての究極の選歌による「和歌史」であると述べたが、その男女比はいかほどかと考えたことはあるだろうか？　いわゆる「坊主めくり」の遊戯は最終的に持ち札の数が多い人が勝ちになるが、「殿」を引くと「そのまま自分の持ち札」となり、「坊主」を引くと「自分の持ち札は没収され共通の山に移動」、そして「姫」を引くと「共通の山に溜まっている札をすべて自分が獲得」というのが基本的なルールである（ただし「坊主めくり」には地域性があり、様々なローカルルールがあるので一様ではないが一般的な線を示した）。この遊戯においては、あきらかに「姫」が優位な位置を与えられている。ただし、これはあくまで「坊主めくり」を楽しく遊ぶための必然性にも由来している。札の数量的な配分は次のようになる。

「殿」＝六十六首
「坊主」＝十三首
「姫」＝二十一首

このうち特に「姫」の構成には特徴がある。前半五十番歌までに女流歌人は僅かに四人、となると後半五十首に十七首が配されていることになる。特に本項の冒頭に引いた「右大将道綱母（五十三番歌）」から「藤原公任（五十五番歌）」を挟むものの、九首の女流歌人の歌が連続して並べられている。その顔ぶれたるや、紫式部（五十七番歌）に清少納言（六十二番歌）、和泉式部（五十六番歌）に小式部内侍（六十番歌）など、高等学校古典教科書で有名な平安朝の女君が勢揃いしている。これもやはり「和歌史」の必然でもあり、和歌を筆写するための仮名文字の使用も安定してきた平安朝中期には、女流歌人の進出が盛んになってきたともいえる。前項で述べた素性法師は、女性の「待つ恋」の心を演じるという虚構で和歌に仕立てていたが、次第に女性自身が「待つ恋」を嘆く歌を詠む社会的な土壌ができ上がって来たといえるだろう。

ややや遠回りをしたが、ようやく掲出五十三番歌について述べよう。歌人の「右大将道綱母」は、『蜻蛉日記』の作者として高等学校の古典の授業でもよく聞かれる名前だ。平安時代の男尊女卑の際たる現象として、女性に公的な名前が無かったことはよく知られる。よほど高貴でない限り、系図などにおいても「女（むすめ）」などとされているのみ。この五十三番歌の歌人も「右大将道綱（うだいしょうみちつな）」を息子とする「母」という呼び方で、あくまで男性の息子を基準にした呼称である。他にも『更級日記』の作者とされるのは「菅原孝標女（すがわらたかすえのむすめ）」、紫式部の「式部」や清少納言の「少納言」も父や親類の男性の官職を基準として名付けられたものである。このような人名呼称の上でも甚だしい男尊女卑の平安朝であるが、婚姻制度の上でもそれは同様であった。高貴な貴族ほど一夫多妻の「通い婚」であるため、女性は常に自分の元を訪ねて来る夫を「待ち続ける身」となる。まずは掲出歌の背景として、こんな社会のあり方を確認しておきたい。

掲出歌が創られた背景については、複数の資料で述べられているがいささか異なった内容となっている。『百人一首』以前の勅撰和歌集『拾遺集』には「入道摂政まかりたりけるに、門を遅く開けければ、立ちわづらひぬと言ひ入れて侍りければ」という詞書（作歌事情を示した短い説明書き）がある。「入道摂政」とは夫である藤原兼家のこと、その兼家が道綱母の元へ通って来た時に、門を開けるのが遅れ長い時間を待たせたところ、「立ちわづらひぬ（立っていてくたびれた）」と言ったので中に入れた兼家に対して詠んだ和歌であるという事情を読み取ることができる。門を開けるのが少々遅くなった程度のことで「立ちわづらひぬ」と当てつけに文句を言った夫に対して、「あなたがいらっしゃらないのを嘆き嘆きして、独りで寝る夜が明けるまでが、どんなにか長いものか、あなたはおわかりになるでしょうか？（門を遅く開けた程度で小言をいうのですから）わからないでしょうね」といった和歌の解釈となる。また、『大鏡』（平安時代の歴史物語）にもこの歌に関する物語があり、道綱母が詠んだ和歌に夫・兼家がいたく感心し、「げにやげに冬の夜ならぬ槙《まき》の戸も遅くあくるは苦しかりけり（あなたが和歌で言うことはごもっともごもっとも、だが冬の夜でなくとも槙の戸を遅く開けるのを待つ身は苦しいものだよ）」と返歌をしたとされている。

また高等学校の教科書にもよく採録されている道綱母『蜻蛉日記』には、夫・兼家が自分に対して不誠実な態度であることを嘆き、「うつろひたる菊」とともに贈りつけた歌であるとされる。夫・兼家と結婚した翌年、息子・道綱が産まれて数か月しか経たない天暦九年（九五五）十一月、兼家がその頃から新たに「町の小路の女」の元へと通い始めていた。その兼家が暁方に来訪した際に、門を開けさせずにいたところ、その別の女のところへと行ったようだったので、この歌を「うつろひたる菊」に結びつけて贈ったというわけである。この『蜻蛉日記』の作歌事情に従って和歌を解釈すると、「嘆きつつひとり寝る夜」とは、夫が他の女の元へ通っていることをくり返し嘆き、自分のところへ通ってくるであろう機会を待つ悲痛な平安女性の思いが読み取れる。なお、「うつろひたる菊」に結びつけて兼家に贈った意味は、通説で「心変りした夫へのあてつけ」のように解釈されているが、当時の「うつろひたる菊」には、「変色してもなお美しさを人に魅せる菊（漢詩表現にある「残菊」）」という意味に解せるのではないかと筆者は考えている（『日記文学研究第三集』新典社　二〇〇九年　小論参照）。この解釈で道綱母の心情を読み解くと、「夫が他の女の元へ通えば通うほど、（私の）心は痛切に傷つき変色をしていくが、それでもなお私は誇りをもって兼家を愛し妻として生きているの」といった思いとなり、「嘆きつつひとり寝る夜の明くる間は」という和歌表現に、あらためて夫の心が自分の元へと帰ってくることを「待っ」姿勢が読める。「どんなに長い夜か、あなたはおわかりですか。それでも耐えて心が傷ついてもなお美しく咲き誇りあなたを待っているわ」という情念を感じることもできる。平安女流歌人にとって「待つこと」は大変に嘆き深く悲痛で、このような哀歌を詠む必然があったことがわかる。

「ながながし夜をひとりかも寝む」柿本人麻呂 ―― 待つことの音楽

あしびきの山鳥の尾のしだり尾のながながし夜《よ》をひとりかも寝《ね》む

（『百人一首』三番歌・柿本人麻呂）

前項まで『百人一首』の個々の和歌について、やや立ち入った事情も記した。詞華集（アンソロジー）としての『百人一首』から個々の和歌の家庭内事情を探るような「解釈」の奥行を大切にした読み方である。これまでにも学校の「古典学習」について触れてきたが、文法や精読としての現代語訳という点にこだわり過ぎたために、「古典」を楽しめない学習が多く実践されるようになってしまった。何事も過ぎたるは猶及ばざるが如しである。親しみが持てず読んでも面白くないと感じ、「古典」が嫌いな高校生を大量に生み出していることが虚しく悲しい。

和歌に関していうならば、一首の独立した「現代語訳」だけで理解するのでは、到底一首を理解したとはいえない。例えば「枕詞」は意味をなさないものとして「現代語訳」から抹消され、「序詞」などがあると「……ではないが」などと後の現代語訳文節と否定的な関係で結ばれることで、より難解な「解釈にならない分からない訳」となり学習者の抵抗感が増す。和歌短歌の成立条件は、第一義が「音楽（響き・韻律・調べ）」であり、次に「想像（イメージ）」できる具体的な情景、最後に「意味」と考えられている。「古典学習」では、この最下位の成立条件である「意味」ばかりを追いかける傾向が特に強い。極論すれば和歌を扱っても「散文的な現代語訳」しか教えない授業があまりにも多いのである。

掲出歌は『百人一首』巻頭から三首目の柿本人麻呂の歌である。上三句は「ながながし」を導く序詞である。いや、この調子で解説を続けると前述のように批判した「授業」と変わらなくなる。読者のみなさんは、何も考えずにこの和歌を三度ほど音読して欲しい。音読をくり返すことで、次第に一首の主眼が読めてくる気がしないであろうか。よく「古典は外国語のようなものとして考えろ」という小手先な教え方を目にすることもあるが、果たしてそうなのだろうか？　外国語とは基本的な言語体系が違うはずだが、「日本語の古典」であれば私たちが本書でも使用している日本語のＤＮＡを持った言語による表現なのだ。時代によって文法が変遷し語彙が変化して来たとしても、ことばの持つ遺伝子情報から私たちは何かを感じることができる。その遺伝子情報として大変に重要でありながら、忘れ去られようとしているのが「響き」である。

今一度、声に出して読んでいただきたい。「あしびきの山鳥の尾のしだり尾の」という上句に「の」が四回も使用されている。お手元のパソコンでワープロソフトを使用してこの上句を打てば、赤線が入り校正せよと注意される用例である。しかし和歌は「響き」が大切、この四度「の」が使用されることで、当該句に軽快なリズムを生じさせている。「山」とのみいわず「あしびきの」が「山」という語と一体となって初句から序曲が走り始め、「山鳥の尾のしだり尾（山鳥の長く垂れ下がった尾）」とややくどく語が続くことで「長さ」を感覚的に体感させていく。同時に「山鳥の尾のしだり尾」は具体的な「山鳥の姿」を想像させ、「しだり尾」は「枝垂れ桜」などという際の「しだる」という動詞で、具体的な像で「長さ」を視覚的に読み手に捉えさせる効果がある。その後に「ながながし」と畳語（同じ語をくり返して表現する語）を使用し、「長さ」のイメージができているところで、「ながながし夜をひとりかも寝む」として「長い長いこの夜を恋しい人と離れてただひとり寂しく寝ることであろうかな」という「ひとり寝」の哀れな気分をよく読み手に伝えて来る響きの構造がある。諸注釈書を参照すれば、「山鳥は夜に谷を隔てて雌雄が離れて寝る習性がある」とされており、昼には逢える機会も巡り来るわけで、「待つ恋」の歌として捉えることが自然である。序詞という和歌の修辞法によって、「待つ恋」の時間の哀切な苦しさが自ずと実感として伝わってくるわけである。

このように素朴な人麻呂の歌とされる『百人一首』三番歌は、「待つ」ことを意識すると、実にその時間が「ながながし」に感じられるという普遍的なことを教えてくれる。「山鳥の尾のしだり尾の」などと三十一文字の中では無駄にさえ思う表現によって、「待つ身」の気持ちが「しだる（枝垂る）」ような落ち込みさえも連想させる可能性がある。和歌一首の「響き」が、明らかにその歌が主張することと一心同体となっている顕著な例であるといえよう。『百人一首』の選歌基準として、定家がこの「音楽―響き」という点も大いに意識したであろうことを、近現代人は忘れがちである。「音（聲）」から摑み取るイメージを、あらためて大切にして和歌・短歌を読んでいただきたい。

第三章　「クリスマスだからじゃない」

——一九八〇年代の恋人たちのクリスマス

恋人たちのクリスマス

「クリスマス（イブ）をどう過ごすか？」それは恋人たちにとって、大変重要な課題であった。高級レストランで食事し、最高の夜景が見えるホテルの一室で一夜をともに過ごす。どこのレストランがよいか？　夜景が綺麗なのはどこのホテルの何階以上か？　プレゼントは何が喜ばれるか？（もちろんブランド品なのだが）どのタイミングでプレゼントを渡し、どのように愛の言葉を告げるか？　そんな恋人たちの疑問に対して、トレンド雑誌の類がこと細かに「恋人たちの理想的なクリスマス」の指南を特集した。だが果たして雑誌類が説く「理想のクリスマス」をどのぐらいの人々が実行できて、どのぐらいの人々が満足したのだろう？　たぶん、多くの人々が「理想通り」を目指したものの、その通りにはならない「現実」に直面し右往左往し金銭だけを浪費し、虚しい十二月二十五日の「後朝（きぬぎぬ）」を迎えたのではないだろうか。

バブルが崩壊することは、このような「恋人たちのクリスマス」に予見されていたわけで、その後の「失われた時代」がやって来る。その迷走の尾鰭から今も抜け出せないでいるとしたら、「かの時代」をあまりにも自省していないからではないかと思うことがある。「はじめに」で触れたように、恋の忌避や未婚者の増加傾向という恋人たちの「不毛な時代」ともいえる二〇二〇年前後にあたり、いまいちど「かの時代」を振り返って学ぶことも必要なのではないかと思うのである。もちろん社会情勢・世代論・時代の空気など考慮すべき問題は多々あるが、本書の趣旨からして短歌とJ－ｐｏｐに焦点を当て、この振り返りから何かを学べたらと考えている。もちろん「かの時代」を知らない世代の読者も多いことだろう。だが親から子へと様々なことが継承されていくように、「過ぎし日」を生きた教科書と思って知ってもらいたいという願いも込めて、過去の扉を開こう。

「シンデレラエクスプレス」夢の新幹線

八〇年代のクリスマスでまず思い出されるのが、山下達郎『クリスマス・イブ』（一九八三年リリース）である。その澄んだ歌声とともにメロディが哀切な感情を誘発し、今でも聴くだけで「かの時代」に簡単にタイムスリップできる曲である。よく知られるように「ＪＲ東海」のＣＭ曲であり、新幹線を「シンデレラエクスプレス」などという名称で飾り立て、クリスマスイブには新幹線を利用して遠距離の恋人でも会える気にさせる映像であった。ターミナル駅の寒いホームに待つ女性がいて、新幹線から降車してくる人々の中に「彼氏」をなかなか見出せない。ホームに人影が少なくなり人々を吐き出した車両もホームから滑り出してしまう。すると駅の柱の陰から、リボンを結んだプレゼント箱を片手に持った男性が、「ムーンウォーク」で現われ「ブレイクダンス」の動きで目を引き、そして再び柱の陰に引っ込む。諦めていた女性は、一気に喜びを表情に表わすこともできず、口元で小さく「馬鹿」と呟く。かくして新幹線ホームを舞台に、最後は男性が女性を後ろから羽交い絞めにして回転させ、喜びを存分に演出するなどという物語であった。他にも年次別に当時の〝トレンディ女優〟らが起用され、東京駅らしき広いコンコースをプレゼント片手に走り、通りがかりのおじさんにぶつかるなどしながら、彼氏の到着するホームへ急ぐ物語。またスマホが無い時代を象徴するかのように、彼氏からは何ら連絡が無くひとりぼっちに暗く帰宅する女性が、アパートのドアに伝言らしきメモが貼りつけてあり、伝言の主である彼氏の待つレストランに満面の笑みで向かう物語、などのシリーズ展開を記憶している。いずれも「新幹線」という最速鉄道を駆使し、「恋人たちのクリスマス」を叶えようという気持ちを煽るCM映像であった。前述したようにどのぐらいの恋人たちが、この理想的なCM映像に類似した物語を駅のホームで展開したのだろうか。「新幹線」は「恋人たちの夢を叶える」乗り物であると信じられていたのである。

筆者はこの八〇年代の「恋人たちのクリスマス」を、否定しようとは毛頭思っていない。「恋人たち」が現実生活の中でも自分たちの「理想の物語」を紡ぎ出すことは、大変に重要な歩み方だと思う。叶えられるかどうかわからないものを、叶えようとする。そこには自ずと苦しみや痛みを伴うこともある。紹介したＣＭ映像は、いずれも「ハッピーエンド」であるが、現実は裏切られる場合だって多いはずだ。その哀切さや愛憎、自信喪失と他者理解などの渦の中で、ともすると溺れそうになるのが現実世界である。いつの時代にも生きていれば、いや恋愛をしていれば苦渋が伴うのは必然である。だが、そこに「ハッピーエンド」の物語が提示されることで、僅かな望みを明日につなぐことができるようになる。まだこの国で「夢の新幹線」が信じられていたことを懐かしむとともに、二〇二〇年前後の枯渇した「理想の物語なき時代」を憂えつつ、さらなる回顧をしてみよう。

「雨は夜更け過ぎに　雪へと変わるだろう」
――【山下達郎『クリスマス・イブ』】

ＪＲ東海の新幹線ＣＭに起用された山下達郎『クリスマス・イブ』の曲は、一九八三年のリリースで、その後しばらくは季節限定曲としてささやかに知られていた。「クリスマス」はまさに「季節限定」の際たるもので、年末の焦燥感の中に煌めく幸福を見出すための装置として機能した。日本では本来の「聖誕祭」の意味が世間に広がりを見せるわけではなく、各時代の「願望」を映し出す鏡として機能を果たしているようにさえ思う。この点は、後の章でくわしく考えてみたい。ここではまずこのＣＭのイメージが現在でも色濃い山下達郎の『クリスマス・イブ』の歌詞を読んでみよう。

『クリスマス・イブ』　（作詞・作曲：山下達郎　一九八三年）

雨は夜更け過ぎに
雪へと変わるだろう
Silent night, Holy night
きっと君は来ない
ひとりきりのクリスマス・イブ

Silent night, Holy night
心深く　秘めた想い
叶えられそうもない

必ず今夜なら
言えそうな気がした
Silent night, Holy night

まだ消え残る　君への想い
夜へと降り続く

街角にはクリスマス・トゥリー
銀色のきらめき
Silent night, Holy night

雨は夜更け過ぎに
雪へと変わるだろう
Silent night, Holy night
きっと君は来ない
ひとりきりのクリスマス・イブ
Silent night, Holy night

（ＪＡＳＲＡＣ 出 2105255−101）

あらためて歌詞を文字として眺めてみると、至って素朴でわかりやすい歌詞だと感じるのではないだろうか。ＣＭとして部分的にカットされて世間に享受されてきた影響もあるとは思うが、名曲というのはいつも歌詞がシンプルである。「クリスマス・イブ（Silent night, Holy night）」の自然の演出というのは「雪」、「雨は夜更け過ぎに　雪へと変わるだろう」と始まる歌い出しは印象深い。せっかくの「特別な一日（クリスマス・イブ）」ながら、地域によるが乾燥する日々が多い日本列島の気候で、敢えて「雨」の「クリスマス・イブ」が設定される。先に述べたように、CMでは「ハッピーエンド」が演出されるゆえに、この曲を重苦しい印象で捉えている人は少ないかもしれない。ともかく乾燥した地域の列島の年末を考えると、「雨」の設定は、「暗雲垂れ込める」特異な意味も見出せるかもしれない。しかし、「夜更け過ぎに　雪へと変わるだろう」と予見が示される。天から液体成分が降下するという類似した自然現象でありながら、「雨」と「雪」では気温が下がるという科学的な現象という以上に、大きな意味を私たちに感じさせる。「雨」の水は粒子でしかないが、「雪」となれば「結晶」となって美しさが形となるわけである。「雨（水）」のうちは散漫であったものが、気温の下降という困難を通り抜けると、個々に違った美しい形を持つ「結晶」となるのだ。いわばこの曲は、冒頭には「結晶への希望」が語られているとも読める。しかし、歌詞の語り手の予想は「きっと君は来ない」と「恋人」がやって来ることには、「きっと……」といささかの絶望を滲《にじ》ませる。「ひとりきりのクリスマス・イブ」が敢えて表現し語られるということは、「世間では多くの人が恋人とクリスマスを迎えている」と語り手は捉えている。しかも、「クリスマス・イブ」にこそ「心深く秘めた想い　叶えられそうもない」と続き、この「夜」にこそ「秘めた想い」を相手に伝えて「叶え」ることを願っているのだ。「否定」の語句というのは、凡そ額面通りに捉えない方がよいことが文学の読みではよくあることだ。この歌詞の語り手は、明らかに「恋人への想いを叶える二人で過ごすクリスマス・イブ」を強く心に願っていることがわかる。くり返すが、ＪＲ東海の新幹線ＣＭでは、その「想い」が叶うためなら惜しみなく「夢の新幹線」を活用すればよいというように、人々の哀切に訴え購買意欲をそそる広告であった。

「クリスマス・イブ」は特別な夜、普段なら日常に埋没して恋人への想いが叶えられないのだが、「必ず今夜なら　言えそうな気がした」と歌詞は続く。恋人への想いや関係性というのは、人それぞれで様々な段階や機微があるはずだ。俗に「友だち以上恋人未満」といわれるが、「友だち」と呼ぶには親し過ぎるが、「恋人」と呼ぶにはいくら何でも諸条件が満たされていないという関係は少なくない。仕事上などで普段から喧嘩ばかりしている間柄の二人が、実は相思相愛であるのはよくあることだ。だがその扉が不幸にも開かない場合が世間には多いような気もする。

欧米、特にアメリカ合衆国やカナダの高校では、卒業前に「プロム」と呼ばれるフォーマルなダンスパーティーが開かれるのは映画などに登場しよく知られている。フォーマルな衣装を身に纏い参加するのは基本的にペア、同級生はもちろん、自分が誘えるのならば下級生でも学外者でもよいようだ。もちろん参加が強制されるわけではないが、社交界のドレスコードを学ぶとともに、少なくとも一夜のパーティーをともにする相手とペアとなることを成立させる交渉力の機会として大切ではないかと思う。日本ではもちろん高校卒業時にそのような習慣はないのだが、その後、社会に出るにしても、大学へ進学するにしても、二十代前半までにペア成立を試みる機会が社会的にあまりない。もちろん、個々の職場などでの振る舞いや、大学サークルなどが、ペア交渉に挑む場としてあるのだろう。しかし、あまりに個別的であるがために、個々人の中で体験的な揺れ幅が甚だ大きくなるようにも思う。二〇二〇年前後に社会で顕在化している晩婚化や恋愛忌避は、もしかするとこんな要素が関係しているかもしれないと筆者は若者と接していて感じることがある。

話を『クリスマス・イブ』の歌詞に戻そう。「必ず今夜なら　言えそうな気がした」と決意を持っていた語り手の想いは、やはり「ひとりきりのクリスマス・イブ」に耐え切れなくなるのだろうか?「まだ消え残る　君への想い　夜へと降り続く」と続く。歌詞冒頭に予見された「雪」は降ってきたのだろうか。その「雪」の結晶のように消えることがないと希《ねが》う「君への想い」が「夜へと降り続く」と詠うのである。「聖夜（Silent night, Holy night)」の理想的な願いは「ひとりきり」で叶うことはないのだが、だからこそ「君への想い」は夜に向かい「結晶」となって「降り続く」のである。結果として「特別な夜」を「ひとり待つ身」となって、深い闇の一夜を過ごす物語とも読めて来る。このような心が裂けて折れそうな哀切感が、山下達郎の高音の歌声によって真っ向から私たちに投げ掛けられた。あらためて歌詞から読み取れることは、『クリスマス・イブ』はやはり古典和歌から訴えられ続けてきた「待つ恋」の歌なのである。八〇年代の「私たち」は、どこかで「理想的なクリスマス」を求め続けながらも、実際には「ひとりきり」の哀切を重くその身に受け止めていた。八〇年代は決して華々しいだけの時代ではなく、その根底に「待つ身」に耐える力がまだ社会にも私たちにも備わっていたのではないか。

時に私たちは、メディアの造り出す幻想に身を委ねてしまう。Ｊ－ｐｏｐの楽曲とＣＭとの融合は、特にその作用を甚だしく際立たせる。「待つ恋」の哀切も「夢の新幹線」によって物理的な距離を埋めることで、「叶うかもしれない」という希望に変換されていく。しかし二〇二〇年前後の時代、私たちの「希望」はいずこへ行ってしまったのだろう。この希望喪失ともいえる時代は、やはり第一章で述べたように「待つことを忘れた」社会が大きな要因になっていないか。哀切の「待つ恋」の物語を笑顔に代えて、私たちが声を大に唄っていた時代から、今こそ学ぶべきではないだろうか。

難行苦行のスキーに興じる恋人たち

一九八〇年代の特徴として、かつてないスキーブームの到来がある。ひと夏の恋が海岸で展開するならば、スキー場のゲレンデもまた恋の花咲く場であった。また手軽に非日常のいささか危険が伴う山を滑り降りるという体験は、恋人同士の距離も一気に縮める機会でもあっただろう。首都圏における状況を考えても、週末の関越自動車道はいつも大渋滞が起こり、特に群馬と新潟の県境を通過する関越トンネル前後は、大雪・チェーン規制などの難所であった。関越トンネルはある時期まで現在の上り下りが独立した複線トンネルではなく、単線対面通行であった。自ずとトンネル内へ入る自動車の数は制限され、内部の道路が削れることを防ぐために（これは現在でも同じだろう）、チェーンを装着したままの走行は禁止されている。東京から向かうと群馬県側の水上インターチェンジあたりの大雪で「チェーン規制」となると、まずは赤城高原ＰＡか下牧ＰＡあたりでチェーンの装着作業を行い、関越トンネル前まで走行する。トンネル前でまた強制的にチェーン脱着場に車は誘導され、トンネル内を走行するためにチェーンを車輪から外す。全長約十一㎞の関越トンネルを排気ガスの滞留を感じながら走り切るとそこは雪国新潟、すぐさま再びチェーン脱着場に強制的に誘導され、寒い手がかじかむままに車輪にチェーンを装着する。ようやく「スキー天国」である湯沢インターチェンジに到達する。計四回のチェーン脱着を終えて、ようやく「スキー天国」である湯沢インターを降りるまでや降りた後も、スキー場に到着するまで渋滞が解消しない。それでも多くの恋人たちは「スキー天国」を目指したわけである。中にはチェーン脱着を一度で済ませようと、群馬県側の月夜野インターチェンジで降りて、国道十七号線を猿ヶ京を越えて苗場方面へ向かうという者も少なくなかったが、それはそれで雪道運転の熟練度が試される道のりであった。

このような苦労をして「スキー天国」に到達すると、すっかり疲労も増してくるものだが、それでも若者は眠気など気にせずに、二本のスキー板に身を任せ恋人と山を滑り降りていた。場合によるとスキー場のリフトにも大行列ができ、レジャーに来たのか「待たされ」に来たのかわからない休日になる。まさしく「スキー天国」などという言葉は幻想に過ぎず、「渋滞地獄絵図」にまんまと陥るのである。しかし、「待つ恋」に恋人たちは慣れていたからだろうか？関越自動車道の渋滞もチェーン脱着もリフトの混雑ももろともせず、あくまで「おしゃれなレジャー」をどんなに「待って」でも敢行した。この難行苦行のスキーに代表されるように、一九八〇年代の恋人たちは「苦難をともにする」体験を共有できた。前述したチェーン脱着なども、独りで簡易に行えるものではない。当時はだいぶゴム製の装着しやすい製品が売り出され始めていたが、それでも装着具合を間違えると自動車のフェンダー（タイヤが収まっている半円形の部分）内を傷つけ、悪くすると走行に支障が出るほど自動車を痛めてしまう。「恋人たちの難行苦行な共同作業」があってこそ、「スキー天国」を味わうことができたのだ。この例は首都圏周辺に限った人々の体験であるのだが、二〇二〇年からすると三十年以上前の時代を生きた恋人たちは、「待つ」ことに長けていたといえるのではないだろうか。

「となりのおしゃれなおねえさん」の恋
――【松任谷由実『恋人がサンタクロース』】

前項で述べた「スキー天国」という語は、一九八〇年十二月リリースの松任谷由実（ユーミン）のアルバム『SURF ＆ SNOW』に収録された『サーフ天国、スキー天国』という曲で一躍、使用されるようになった語である。サーフィンやスキーに興じることで、身近に非日常の体験をする。「天国」とされたのは、まさに「楽園」を目指そうとした当時の人々の願望でもあるだろう。この曲は一九八七年に公開された原田知世主演の映画『私をスキーに連れてって』の主題歌ともなり、以後、『彼女が水着にきがえたら』『波の数だけだきしめて』と三部作として映画が製作される。この【Ｊ－ｐｏｐ＋映画】という組み合わせが、前述した【山下達郎『クリスマス・イブ』＋ＣＭ】と同様に、当時の大衆の心を幻想の彼方へと昇天させていく結果となった。タツロウ（山下達郎）と同様にユーミンの声もまた、あの独特な高さが人々を「天国」へと誘ったという訳である。

さて、この映画『私をスキーに連れてって』には、同じくアルバム『SURF & SNOW』に収録された『恋人がサンタクロース』という劇中歌がある。今でもなおクリスマスＪ－ｐｏｐの定番であり、どの世代の方々でも聞いたことがあるのではないだろうか。「スキー天国」という真冬のシチュエーションにおいて、さらにはクリスマスと「恋人」が強烈に結びついた一九八〇年代を象徴した楽曲である。この時代を語るに不可欠な『恋人がサンタクロース』についても、その歌詞を考えてみることにしよう。

『恋人がサンタクロース』　**（作詞・作曲：松任谷由実　一九八〇年）**

昔　となりのおしゃれなおねえさんは
クリスマスの日　私に云った

今夜　8時になれば　サンタが家にやって来る
ちがうよ　それは絵本だけのおはなし
そういう私に　ウィンクして
でもね　大人になれば　あなたもわかる　そのうちに

恋人がサンタクロース
本当はサンタクロース　つむじ風追い越して
恋人がサンタクロース
背の高いサンタクロース　雪の街から来た

あれから　いくつ冬がめぐり来たでしょう
今も彼女を　思い出すけど
ある日遠い街へと　サンタがつれて行ったきり

そうよ　明日になれば　私も　きっとわかるはず

恋人がサンタクロース
本当はサンタクロース　プレゼントをかかえて
恋人がサンタクロース
寒そうにサンタクロース　雪の街から来る

恋人がサンタクロース
本当はサンタクロース　つむじ風追い越して
恋人がサンタクロース
背の高いサンタクロース　私の家に来る

この歌詞の語り手は、「となりのおしゃれなおねえさん」と親しい「少女」のような存在である。その少女が「大人」になって昔を回顧し、そのお姉さんから「今夜8時」になれば「サンタが家にやって来る」のだと「クリスマスの日」に聞かされていたことから始まる。「サンタ」は子どもたちにとって夢の存在であり、現在でも何歳まで信じていたか？　などがよく話題になるだろう。その「サンタを信じている」という童心は、ある意味で時代の希望と相関があるようにも思う。年齢が進むとともに次第に「本当にサンタは存在するのだろうか？」という意識を持つようになり、それが次第に「絵本」の中のメルヘンな「おはなし」ではないかと思う過程を経て、サンタは「親」であったことに目覚めていくのである。この誰しもが過程は違うが経験する童心の推移こそが、誠に大切な心的発達過程なのではないかと筆者は思っている。

絵本とサンタクロース

ここでいささか「絵本」について考えてみたい。筆者が小学校などで講演する機会があると、よく保護者から「絵本（読み語り）は何歳ぐらいまで読んだらよいか？」という質問を受ける。その際には迷うことなく「何歳まででも、いや（親である）あなたの年齢でも（読み聞かせるのではなく）一緒に読んでください」と答えるようにしている。市販される絵本に「適用年齢」といった注釈表示があるからだろうか？「絵本」は幼少な子どもたちだけのもの、と思い込んでいる人々が世間には多い。だが小学生で絵本への興味が薄れた時点から屁理屈をいい柔軟な思考を喪うように、物語を信じなくなる「大人」には先細りのつまらない人生が待ち構えているだけだ。困難に直面し何かを「待たねばならない」時に、「絵本」の中にある「余裕」や「滞空時間」を疑似体験することで救われることは多い。多くの「絵本」は安易な「結論」「答え」を求めていない。自然な「水」が容器によって自由に形を変化させるように、思考の形を凝り固まったものにしないためにも、「絵本」が描く非論理的で奇想天外な展開を喜んで受け入れる心は、何歳になっても持ちたいものである。

しかし、現在の世情はここで述べた「絵本」を大切にする思考からは、逆行した流れが甚だしい。「論理」や「規則」で何事も説明し、あらゆることに何らかの「答え」を即時に要求する。ともすると「エビデンス」などという言葉を翳《かざ》し、「論理」の「根拠」を示せと迫る。高校・大学（または中学校でも）の入試制度が、こうした夢の無い思考を積極的に助長し、「絵本」を信じない中学生・高校生に表面的な小説を学ばせ理解した気にさせ、また「説明文」こそが客観的だと主張し、「入試問題の主力」の座にのし上げて来た。「絵本」を信ずる発想は「非論理的」だ「非科学的」だと退けられ、太宰『走れメロス』も芥川『羅生門』も漱石『こころ』も図式的な一様な解釈で結論づける夢の無い小説の授業が横行する。だが考えてみて欲しい、人生の「恋」や「愛」を必要とする場面に直面したとき、人は「論理」だけで乗り越えられるのだろうか？「答えのないものは嫌いだ」という人は、果たして「人生の正しい答え」を知って生きているというのだろうか？「大人」こそが「絵本」に「自分の物語」を見出せたとき、世界は「平和」を手に入れることができるのではないか。

「サンタクロース」は「絵本だけのおはなし」なのか？ 心が枯渇しそうになる時に、筆者は一冊の短い本を読み返す。その名も『サンタクロースっているんでしょうか？』中村妙子訳・東逸子絵（偕成社 一九七七年）である。同書は、百年以上前に、アメリカ合衆国の「ニューヨーク・サン」という新聞の社説が、八歳の少女・バージニアの「サンタクロースって本当にいるんでしょうか？」という疑問に真っ向から真摯に応えた内容が翻訳されている。ここでは参考までにその内容の一節を引用して考えてみよう。

うたぐりやは、目にみえるものしか信じません。

うたぐりやは、心のせまい人たちです。心がせまいために、よくわからないことが、たくさんあるのです。それなのに、じぶんのわからないことは、みんなうそだときめているのです。

けれども、人間が頭で考えられることなんて、おとなのばあいでも、子どものばあいでも、もともとたいそうかぎられているものなんですよ。

百年前に新聞記者が記したものであるが、今現在の社会は「心のせまい」どころか、心が閉ざされて固まった人たちが多いといえないだろうか。Ｗｅｂ環境の急速な発展が、表面上は「世界を拡げている」ように思われがちだが、実は「世界を限定され偏った」ものとして捉える人たちが少なくない。引用文の「けれども、人間が頭で考えられることなんて」の「頭」を「Ｗｅｂ」に置き換えても十分に現在の世の中に通じるであろう。むしろＷｅｂが夢を砕き、偏狭な全能感を曝け出している輩が少なくない。誤解なきように述べておくが、筆者はＷｅｂを否定する気は毛頭ない。その情報の扱い方を間違えると、百年前よりも閉鎖的な社会を造り上げてしまうことに危うさを覚えるのである。同書はさらに次のように述べる。

サンタクロースがいなければ、人生のくるしみをやわらげてくれる、子どもらしい信頼も、詩も、ロマンスも、なくなってしまうでしょうし、わたしたち人間のあじわうよろこびは、ただ目にみえるもの、手でさわるもの、かんじるものだけになってしまうでしょう。

また、子どもじだいに世界にみちあふれている光も、きえてしまうことでしょう。「子どもらしい信頼も、詩も、ロマンスも」いわば「子どもじだいに世界にみちあふれている光」こそが大切だと説いている。この百年はこうした「光」を次々に喪ってきた時代といえるかもしれない。さらに、

あかちゃんのがらがらをぶんかいして、どうして音がでるのか、なかのしくみをしらべてみることはできます。けれども、目にみえない世界をおおいかくしているまくは、どんな力のつよい人にも、いいえ、世界じゅうの力もちがよってたかっても、ひきさくことはできません。

ただ、信頼と想像力と詩と愛とロマンスだけが、そのカーテンをいっときひきのけて、まくのむこうの、たとえようもなくうつくしく、かがやかしいものを、みせてくれるのです。

「世界をおおいかくしているまく」この百年間にそれは、ひとたび取り払われようとした時

代もあった。しかし、その境地に至るまでに「世界大戦」という大きな代償を人類は払っている。一九六〇年代から七〇年代・八〇年代を超えて「カーテンをいっときひきのけて」という時代が過ぎ去った。「夢」がある時代とは、「信頼と想像力と詩と愛とロマンス」がある時代であったのだ。しかし、日本では特にバブル崩壊とともに「夢」が泡と消えてしまい、その喪失感を引きずるままの一九九〇年代が過ぎていく。そして二十一世紀二〇〇〇年代に入った頃から、様々な「メッキ」の剝がれが顕著となり、再び「まく」のこちら側しか見えない、「夢」を喪失した時代が進んでいる。「絵本を楽しめない大人」がいることは、まさに「信頼と想像力と詩と愛とロマンス」を喪った時代であるということだ。これは誠に恐ろしいことである。

さあ！まずはせめてあなたから、今一度「絵本」を読もうではないか。

「そうよ　明日になれば」

さて、しばらく「サンタクロース」を信じることの意味を考えて来たが、再び『恋人がサンタクロース』の歌詞に戻ろう。「サンタクロース」を「絵本だけのおはなし」だと思い込んでいた少女は、「となりの」「おねんさん」から「ウィンク」とともに、「大人になれば　あなたもわかるそのうちに」と告げられる。前項で述べた「サンタクロース」に対する考え方を、「恋人がサンタクロース」として、しかも「本当は」とサビで語るあたりは、「信頼と想像力と詩と愛とロマンス」を「恋人」という存在に見出している時代背景が垣間見える。

その後、「あれからいくつも冬がめぐり来たでしょう」と少女は次第に「大人」に成長していくが、「となりの」「おねえさん」は「ある日遠い街へと　サンタがつれて行ったきり」という状況に推移する。少女は「おねえさん」の人生を見つめ、「そうよ明日になれば　私もきっとわかるはず」と自分に言い聞かせる。「サンタクロース」は「つむじ風追い越して」とか「雪の街から来る」とか、決して簡単に逢いに来られるわけではない。しかし、「プレゼントをかかえて」忘れることなく「私の家に来る」とかつての「おねえさん」がいったことを「私」は信じ続け、それがいま現実となったのである。先に紹介した八〇年代から九〇年代にかけての映画と相俟って、「恋人」の存在に「信頼と想像力と詩と愛とロマンス」が感じられた時代。あの頃、「二十一世紀」はまさに「夢の時代」だとまだ信じられていた。恋人たちの「恋愛」も「信頼と想像力と詩と愛とロマンス」までも喪いかけているとは、誰が想像したことだろうか。

そして桑田佳祐

タツロウ（山下達郎）・ユーミン（松任谷由実）とともに、一九八〇年代からのＪ－ｐｏｐに欠くべからざる存在が桑田佳祐である。一九七八年『勝手にシンドバッド』でサザンオールスターズが衝撃のデビューを飾り、バンドのリーダーであり作詞作曲者として桑田佳祐の底知れぬ魅力が巷を席巻していた。新しい時代の新しい音楽、一九七九年に『いとしのエリー』で紅白初出場を果たし、八二年・八三年と連続出場を果たす。ランニングシャツにジョギングパンツなどのカジュアルなスタイル、日本語か英語かはてまた何語か聞き取れないような歌詞、学生バンド出身のノリをそのままに、当時の「大人たち」に顰蹙《ひんしゅく》を買うようなバンドがサザンであった。紅白に『チャコの海岸物語』で出場した際の三波春夫さんに扮した破茶滅茶な衣装と歌唱、当時は多かった音楽番組でのやんちゃな振る舞い、プロレス好きのためか他のアーティストのライブへの乱入等々、桑田佳祐はある意味で膠着した一九七〇年代までの空気を、その音楽と素行で攪拌し新しい時代の風に動かして行った存在であった。そのメロディのどこか懐かしさを覚える旋律、ふとした歌詞の一節から湧き出す詩情、八〇年代の若い恋人たちの間では欠くべからざる音楽となって心の奥底まで響いていた。サザンオールスターズに関しては、いくらでも書きたいことがあるので、あらためて機会を待つことにしたい。

さて、そんなサザンオールスターズの桑田佳祐が、サザンの鮮烈な活動と並行して温めていたのがソロ活動である。一九八二年に桑田と結婚したサザンメンバーの原由子が、一九八五年に出産のために休養したこともあって、サザンオールスターズはしばらくの休止期に入る。そこで桑田佳祐はさらに新たな風を求め、一九八六年「KUWATA BAND」を結成した。この新たなバンドの活動期間は一年限定、一九八六年一月に結成し一九八七年二月の武道館ライブで解散している。もちろん、その間にリリースした『BAN BAN BAN』や『MERRY X'MAS IN SUMMER』『スキップ・ビート（SKIPPED BEAT）』などの曲も順調にヒットしていた。一九八六年七月にリリースした『NIPPON NO ROCK BAND』はその年の「日本レコード大賞ベストアルバム賞」を受賞している。しかし一年限定ということが、それまで八年間の怒涛のようなサザンの活動を新陳代謝させるとともに、「桑田佳祐」という一人のミュージシャンが固着せず未開の地を拓くために大切な期間であったようだ。一九八七年には完全なる桑田佳祐ソロナンバーとして『悲しい気持ち（JUST A MAN IN LOVE）』をリリース、翌八八年にはサザンオールスターズがデビュー十周年を記念するシングル『みんなのうた』をリリース、この年の夏には「サザンオールスターズ・真夏の夜の夢―一九八八大復活祭」を全国九か所の球場で開催している。以後、明らかにサザンオールスターズと桑田佳祐ソロが、並走しながらも相互に響き合い摩擦する熱量をパワーに変換するようにして、違った魅力を放ち続け二〇二〇年代に至るわけである。

八〇年代の恋を象徴する曲の数々

このようなサザンオールスターズ、そして桑田佳祐ソロの楽曲を眺めると、当時の八〇年代の恋を象徴するような曲に数多く出逢うことができる。桑田佳祐が湘南・茅ヶ崎の出身ということもあり、その楽曲には自ずと海と夏のイメージが伴った。場面は海岸・砂浜であり、寄せては返す波が恋人たちの心を揺さぶった。若者が恋人と海に行くならば、サザン・桑田佳祐の音楽は欠かせない存在であった。いま「恋人たち」と筆者は記したが、「恋人同士」になるまでの過程、また恋に破れてひとり悲しみに暮れる日々、その切なくやるせない恋の心理を乗り越えるためにこそ、サザン・桑田佳祐を聴いたという人々の方がむしろ圧倒的に多かったような気もする。古典和歌を中心に述べた第二章でも記したが、恋歌というのは多くが恋の成就以前か恋に破れた後の心情を素材にしている場合が、大半といっても過言ではない。サザン・桑田佳祐の楽曲は、明らかに八〇年代の若者にとって、恋愛の苦悩から救済されるための特効薬であったように思う。

苦悩が待ち構えているとわかっても、恋の道へ勇気をもって歩める。サザン・桑田佳祐の楽曲は、そんな恋への讃歌でもある。今にして思えば難行苦行であることを、平然と涼しい顔をしてこなしてしまう、そんな恋に臨む男女の物語を、今あらためて紐解くことにも大きな意義がありそうだ。少なくとも八〇年代の恋人たちは、どんなことがあろうとも挫けずに歩みを進めていたように見える。いや、どの時代も苦悩はそんなに変わらないのかもしれないが、心の拠り所とか解放する手段を心得ていたという方が適した物言いかもしれない。簡単には成就しない「待つことの辛さ」、成就せずとも後ろを向かない「希望のこころ」、哀切な苦しみを避けずに味わい切る「眼の向け方」など、サザン・桑田佳祐の楽曲が教えてくれることは甚だ多いのである。

「メリー・クリスマス・ショー」
──【桑田佳祐 & His Friends『Kissin' Christmas（クリスマスだからじゃない）』】

夏を舞台とした楽曲が多い中で、前述した「KUWATA BAND」の結成・限定活動時期に桑田佳祐が手掛けた季節限定特別テレビ番組が、「メリー・クリスマス・ショー」である。当時は音楽番組が全盛の時代でありながら、いやそれだけに「テレビ」には出演しないミュージシャンが多かったともいえる。そんな情勢で桑田佳祐プロデュースのこの番組では、桑田に共鳴した多くのミュージシャンたちが参加し、音楽を楽しみワイングラスを片手にいかにも出演者当人たちが楽しんでいる和やかな音楽ショー番組であった。あまり台本化されていないようなトークや様々な楽曲を、参加したミュージシャンの奇遇な取り合わせで歌唱される。クリスマスは仲間たちと楽しくやろうぜ、といった思いを多くの若者が抱くような番組内容であった。主なスタジオ出演者は、司会が明石家さんまで、KUWATA BAND、松任谷由実、泉谷しげる、アン・ルイス、中村雅俊、吉川晃司、原由子、トミー・スナイダー、小林克也らであった。またVTRによる出演ではあったが、忌野清志郎、チェッカーズ、THE ALFEE らの出演も印象的であった。

この伝説的な音楽番組が放送されたのが、一九八六年十二月二十四日、そして一年後の一九八七年十二月二十四日の二回きりである。本書で語って来た山下達郎や松任谷由実の鮮烈なクリスマスソングのヒットを受けて、八〇年代という時代が形作ったものがここに結実して表現されたともいってよいだろう（一説に山下達郎も番組制作に協力していたといわれるが定かではない）。十二月二十四日は、できれば恋人と二人きりのクリスマス・イブを過ごしたいものだが、もし叶わぬ場合でもこのミュージシャンたちの豪華な歌声を聴けば、そんな憂いも吹き飛ばしてしまいそうな番組であった。この番組のエンディングに出演者全員で歌われた曲こそ、伝説の名曲、松任谷由実作詞・桑田佳祐作曲・KUWATA BAND編曲という『Kissin' Christmas（クリスマスだからじゃない）』である。

『Kissin' Christmas（クリスマスだからじゃない）』

（作詞：松任谷由実／作曲：桑田佳祐　一九八六年）

道行く人の吐息が星屑に消え
気づいたら君がそっと手をつないだ

忘れちゃいたくないよね今夜の瞳
泣きそうな街中よりキラキラして

クリスマスだから言うわけじゃないけど
何か特別な事をしてあげる

誰も見ていないから
I'll kiss you alright? So slight.
いつも　照れてるままに過ぎる
You gotta be right. In this holy night.
今年の想い出にすべて君がいる

これから何処に向かって進んでるのか
時々わからなくて哀しいけど
きっと大丈夫だよね今夜の瞳

新しい日を夢で変えてゆける
クリスマスだから言うわけじゃないけど
何か大切な事ができるような

誰かが振り向いても
I'll kiss you alright? In snow light.
いつも　立ち止まると逃げてく
You gotta be right. In this holy night.
今年の出来事がすべて好きになる

Woo, in this holy night.
Woo, in this holy night.
We're hearin' sha la la la and singing hymns tonight.
You gotta be right, all night.　(In this holy night.)

We're hearin' sha la la la and singing hymns tonight.
You gotta be right, all night. (In this holy night.)

今宵　誰も見ていないから
I'll kiss you alright? So slight.
いつも　照れてるままに過ぎる
You gotta be right. In this holy night.
今宵　誰も見ていないから
I'll kiss you alright? So slight.

もういくつ寝るとお正月

今宵　誰かが振り向いても
I'll kiss you alright? In snow light.
いつも　立ち止まると逃げてく

You gotta be right. In this holy night.
今年の出来事がすべて好きになる

誰も見ていないから
I'll kiss you alright? So slight.
いつも　照れてるままに過ぎる
You gotta be right. In this holy night.

今宵　誰も見ていないから
I'll kiss you alright? So slight.
We're hearin' sha la la la and singing hymns tonight.
You gotta be right. In this holy night.
今年の想い出にすべて君がいる
今年の想い出にすべて君がいる

八〇年代の恋人たちのクリスマスは、何か特別なものだったのか？　そんなことをあらためて考えさせられる歌詞である。しかし、その「特別」にはどこかためらいもあって「クリスマスだから言うわけじゃないけど」と前置きをした上で、「何か特別な事をしてあげる」「何か大切な事ができるような」とクリスマス・イブ限定の夜に、待ちに待った「特別」で「大切」なことができるのではないかと期待する人物の心が描かれている。生きている上で「特別な日」とは何だろうか？　その後の生き方を左右するような岐路に立たされる日、それまで積み上げて来た努力が形となって実を結ぶ日、はてまた予想だにしない確率論として運命的な出逢いができた日、また人それぞれのささやかな「特別」もきっとあるだろう。

恋の階梯《はしご》をのぼる時、「キス（接吻）」は誠に重要な通過点だと思う。一般論として「どういう関係になったら付き合ったといえるのか？」という命題も、人それぞれである。外食をともにしただけで「付き合った」と思い込む人もあるだろうし、「キス」する関係に至らなければ「付き合っている」とはいえないとする人もいるだろう。「キス（接吻）」そのものを「特別なもの」とするかどうかは、社会の風俗・慣習など文化によっても違いが生じる。ＭＬＢ（メジャーリーグベースボール）のボールパーク（球場）によっては、イニングの合間のどこかで「kiss cam」というコーナーがあって、スコアボードの大画面にハートをかたどった枠が出て、その中に観客席のカップルが偶然の選択で映し出される。映し出されていることに気付いた二人は、「kiss」をせねばならない暗黙の了解があるのだが、多くのカップルが普通に唇同士で「kiss」をする。中には高齢の老夫婦が映る場合もあるが、それでもほとんどが恥ずかしがることもなく「kiss」に至るのである。中には二人のどちらかが電話をしていたりして、状況を把握できないままに怒り出すといったケースがないわけではない。しかし、もし日本プロ野球の球場でこの「お遊び」を企画したら、ほとんど成立し得ないだろうと思われる。日本社会においては、欧米の社会以上に「キス（接吻）」は「特別なもの」であるだろう。建前しか教えようとしない傾向が強い性教育の水準の低さも日本の教育の大きな弱点であると思われるが、この「恋の導入」ともいえる行為の捉え方が、恋愛の忌避や晩婚化と関連がないものかと疑いたくなる。

「いざ唇を君」若山牧水――くちづけ三首

宮崎出身の近現代短歌史に欠くべからざる歌人・若山牧水については、既に第一章でも取り上げたが、その若かりし頃の激烈な恋愛の哀切や苦悩が彼の短歌を錬磨したともいえる。その短歌表現を歌人として読み取ることに徹して著わされた評伝文学が、俵万智『牧水の恋』（文

藝春秋　二〇一八年）である。牧水の恋の繊細な機微を知りたい方は、ぜひご一読願いたい。人の愛別離苦は、時に心をズタズタにも切り裂くような激しいものであるが、その作用が「筋トレ」のように作用して逞しいことばを生み出すことがあるものだ。恋する相手に気持ちが伝わらないという不全感をそのまま自身の中に淀ませるのではなく、「三十一文字」の自然のリズムに載せて詠う。「歌」の語源説の一つに「うったえる（訴える）」という動詞から派生したとするものがあるが、牧水のような近代の歌人をみてもそれには肯ける。伝えたい気持ちが伝わらない時に人は言葉への信頼を失いかけるが、そこから抜け出す唯一の方法もまた「ことば」に頼るしかないのだ。牧水はその重く苦しい恋のこころを、自然のリズムに載せて短歌として表現したのである。

くちづけは永かりしかなあめつちにかへり来てまた黒髪を見る
山を見よ山に日は照る海を見よ海に日は照るいざ唇《くち》を君
ああ接吻《くちづけ》海そのままに日は行かず鳥翔《ま》ひながら死せ果てよいま

（若山牧水『海の聲』　九〇八年）

ここに挙げたのは牧水の「くちづけ三首」と筆者が呼んでいる「kiss」の歌である。それぞれ「くちづけ」「唇《くち》」「接吻《くちづけ》」と直接に短歌の中に「kiss」を表現することばを入れている。俵万智の著作に詳しいが、この「kiss」こそが牧水の恋愛における身体上の段階的な進捗に大きな意味を持っている。

一首目、初句から「くちづけは」などとなかなか短歌で詠えないものだが、陶酔感たっぷりに「永かりしかな」とキスそのものに身を委ねるがごとく、永遠《とわ》の時間に身を投げ出す我の心を素朴に表現しているところが牧水の真骨頂でもある。しかし、その我が現実に帰ると、下の句「かへり来てまた黒髪を見る」と現実に我が身が帰ってもまた好きな恋人の「黒髪を見る」とあり、「夢かうつつか寝てかさめてか」な恋人への陶酔の深さが読み取れる。

二首目、「山」「海」という自然の二大象徴ともいえる光景を「見よ」と命令形で迫り、生命に限りない力を与える「日は照る」という必然を加味し表現している。この壮大な宇宙ともいえる中で、「いざ唇を君」とキスを求めている。日本の和歌短歌史の中で、これほどストレートに「キス」を求めた歌はなかなか見当たらない。しかも自然の大宇宙の中にいるという果てしない時間の中に身を置いていることが、一首全体が句切れてなお融和ある「リズム（韻律）」によって感じられる。そしてまた我々読者はせっかちであるが、牧水は「いざ唇を君」といって、「キス」そのものに至ったとは一つも詠っていない。決定的瞬間の直前でＣＭになってしまい、待たされる視聴者のドキドキが増幅するようなテレビ番組の演出を、短歌によって先取りして実演したといえるのではないか。

　三首目、この歌も「ああ」という感嘆詞で詠い出し「接吻」を「くちづけ」と読ませている。「接吻（せっぷん）」という漢語は元来中国由来であり、江戸後期に蘭語の訳語として姿を見せ、明治期に入ると「kiss」の翻訳語として定着したとされている。明治期にこのような漢語を外国語翻訳のために新たに造語（従来の中国由来の漢語に新しい意味を持たせるとか、新たに日本で新作された「明治ことば」の類のこと）したことは、現在の我々の社会言語生活にも大いに関わりがあることを意識したい。牧水はこの明治漢語ともいえる語を「音読み」ではなく、「くちづけ」とやまとことばで歌に詠んだ。このあたりにも「やまとことば」の響きを重んじ漢語に迎合しない若山牧水の言語使用上の骨格が見える。歌の解釈に話を戻すが、「海そのままに日は行かず」というあたりに一首目と同様に永遠の陶酔に、しかも海を眼の前にして浸っている牧水と恋人の姿が見える。「接吻《くちづけ》」という恋の儀式ともいえる身体的接触は、あらゆる宇宙を止めてしまう。「鳥翔《ま》ひながら」の「鳥」については、俵万智が前掲書で「恋の成就を象徴する存在」という読みをしているのは卓見だ。その「恋の成就」の一つの形としての「接吻《くちづけ》」、その「鳥」は大空を翔うような陶酔の中にあるが「死せ果てよいま」と結句で切り捨てる。これはまさにこの「接吻」の陶酔的な幸福を保持し続けるには、この海の前ですべてが葬り去られることでしか成し得ない恋愛の究極な思いを感じさせる。牧水はその純朴な心で「この接吻の瞬間」を苦しみながらも待ち続けたことで、究極な「接吻《くちづけ》(kiss)」を短歌のことばとして後世に生きのこり続けているのだ。

「今年の想い出にすべて君がいる」

しばし若山牧水の「くちづけ三首」に読者のみなさんとともに酔ったが、話題を「クリスマスだからじゃない」に戻そう。牧水の短歌からも読み取れたと思うが、「kiss」の瞬間のみが決して恋愛ではない。その究極な「恍惚《エクスタシー》」は針の先の一点でしかないように思う。その頂点に至るまで、また至った後の様々な波のような心の満ち引きこそが、「恋愛」そのものである。「クリスマスだからじゃない」の歌詞にはサビで「今年の想い出にすべて君がいる」が永遠に響きわたる。クリスマス・イブとは「今年」もあと七日間になったと、「一年の総括」の動機づけとしても大きな意義があるように感じさせる語りだ。その「想い出にすべて」存在する

「君」との歩み、その一つひとつは決して「幸福」な想い出ばかりではないかもしれない。だがその様々な歩みがあってこそ真に「好きになる」ことだろう。歌詞の同旋律の箇所で「今年の出来事がすべて好きになる」と語られるのを、そんな意味に解したいと思う。

また「いつも」が含まれる歌詞、「いつも　照れてるままに過ぎる」や「いつも　立ち止まると逃げてく」という部分には、二人の「今年」の物語的な時間を読むことができる。何度も「照れてるままに」逢瀬の時間は終わり、いざ気持ちが高ぶって歩みを止め立ち止まるとその場から「君」はいつも「逃げてく」という訳である。このクリスマスまでに、どれだけ「kiss」に至るのを待ったものか。そんな日々のお付き合いでは「これから何処に向かって進んでるのか　時々わからなくて哀しいけど」とその関係性に悩むことも少なくない。だが「クリスマスだから言うわけじゃない」とは言いながら、「忘れちゃいたくないよね今夜の瞳　泣きそうな街中よりキラキラして」とか「きっと大丈夫だよね今夜の瞳　新しい日を夢で変えてゆける」と「今夜の瞳」こそは今までにない輝きを放っていることを察知するのだ。

音楽としては間奏に「もろびとこぞりて」のクリスマスソングや「もういくつ寝るとお正月」が響いてきて、日本の年末からお正月を待つという気運を上手く一曲の中で表現している。「メリー・クリスマスショー」では参加した全員のミュージシャンがコーラスを含めて合唱し、当時の百花繚乱なミュージックシーンが味わえて楽しいエンディングであった。一九八〇年代の恋人たちのクリスマスは、この曲に象徴されるように苦しみや哀しみに苛まれても、「新しい日を夢で変えてゆける」力を持っていたことは記憶に留めておきたい。

第四章　日本の恋歌とクリスマス

――戦勝・狂瀾・家庭・恋人やがてクリぼっち

恋を過剰に意識させるクリスマス

前章では八〇年代の恋人たちのクリスマスについて、Ｊ－ｐｏｐの歌詞を辿りながら当時を振り返ってみた。やや大げさに歴史的な視点で俯瞰してみれば、明治以降の日本でのクリスマス受容史の上で、「恋とクリスマス」の結びつきが極点に達したのが一九八〇年代ということになるだろう。個々の人々の日常の中に「恋」はあるはずだが、その対象となる「恋人」の存在を「この日とばかり」にスポットライトを当てる年中行事が「クリスマス・イブ」なのであった。八〇年代当時に筆者は日常的にトレーニングジムに通っていたが、「クリスマス・イブ」の夕方ぐらいになると、通常の曜日では考えられないぐらい極端にトレーニングに勤しむ会員の姿が減ったことを記憶している。「トレーニングジム」なども当時から始まる「流行」の一端だとすれば、時代のトレンドそのものが虚妄を被せた「恋人たちのクリスマス」として世間を包み込んでいたような時代感があった。

また八〇年代は七〇年代に盛んだったやや硬派で社会派な生き方と、流行に乗っておしゃれな楽しい生き方がせめぎ合う時代でもあったような気がする。学生は居酒屋で夜を徹して「社会」を語り明かすか、ディスコにでも行って放心乱舞して「今」を楽しく生きるかを選択するようなところがあった。この断層のぶつかり合いによって起こる震動が、「恋人たちのクリスマス」が世を席巻する力にもなっていたのではないか。前者は「恋人とチャラチャラする」ことを言葉の上では極端に否定し、後者は「海とビーチと恋人たち」の香りを沸々と漂わせながら流行の実践に躍起になる。フランネルチェックシャツ・ベルボトム・下駄などの出で立ちが七〇年代を懐古的に讃えて着られる一方で、DCブランドのセールなどに長蛇の列ができていた。だがどのような生き方を選んだとしても、「恋人」の存在をどこかで意識することで、むしろ「孤独感」とどう向き合うかが過剰なぐらい「消費」され始めた時代であったのかもしれない。

「うら恋しさやかに恋と」若山牧水 —— 恋のさざ波

よく「初恋はいつだったか?」というとりとめもない質問がある。その答えを聞くといくつかの類型があることに気づく。「おさななじみ」「保育園・幼稚園の先生」など幼児期の小さな社会の中で出逢った親しい人だという場合。または中学校・高等学校ぐらいの思春期に「好き」

という感情を抱いた初めての人という場合。大きくこの二通りの答えとなるのが通例である（もちろん人によって後者は、小学校高学年ぐらいの場合もある）。特に心理学的な根拠をもっての物言いではないことをお断りしておくが、前者は母親から離れた孤独を埋めるための代行者、後者は母親から独り立ちして少しずつ大きな社会の一員になるために不可欠な通るべき道ではないかと思う。このように考えると「恋」は人間が独り立ちするために欠くべからざる「登り坂」なのだろう。「初恋」はその多くが一方的であることも多いように思う。幼児期は「恋」などという意識があるのだろうか？　もしかするとその「思い」には、成長してから初めて気づくのかもしれない。あくまで時制を超えた一方的な「思い」が幼児期の恋ではないか。また思春期になっても、なかなか「恋」というまでには踏み出せないことも少なくない。小学校などではよく「好き」という心を抱く相手に対して、敢えて反感を持つような言動をしてしまう人も少なくない。読者諸氏のなかにも、「あの時、素直であれば」という後悔を今もにじませる方々がいらっしゃるのではないか。

　さてこのような「初恋」に始まる生涯を通じた「恋」を考えたときに、次の若山牧水の短歌は普遍的な恋のあり方をよく語り出している。

うら恋しさやかに恋とならぬまに別れて遠きさまざまの人

（若山牧水『海の聲』一九〇八年）

初句「うら恋し」の「うら」が誠に心に響いてくる短歌だ。はっきりと「恋」かどうかわからないが、「なんとなく恋しい」という語感をことばの響きよろしく語り出す。それを受けて「さやかに」が「恋し」の「し」のサ行音に誘発されるように出て来るのも一興、「秋来ぬと目にはさやかに見えねども風の音にぞおどろかれぬる」（『古今和歌集』巻四・秋上・巻頭歌）という古典の名歌があるが、「さやかに」は「はっきりとは」の意味である。「うら恋し」のではあるが「はっきりとした恋にはならない間に」という上の句の展開となる。「別れて遠きさまざまの人」は読んで字のごとくの意味であるが、「遠き」には簡単に逢えない距離になったというばかりではなく、精神的に大変に「遠き」存在になってしまったという心がにじみ出る表現だろう。しかもそんな「遠き」存在が、一人二人ではなく「さまざまの人」という結句によって、いくつものそうした「存在」があると牧水は詠うのである。この「初恋」にまつわる誰しもが抱く普遍的ともいえる感情を、牧水の短歌は見事に三十一文字に込めている。あなたもこの牧水の歌を読んで、「別れて遠きさまざまの人」を思い返すことで、「今」自分がいる位置をあらためて捉え直す知的な現状把握ができるかもしれない。

「ひとり」から「ふたり」そしてまた「ひとり」

人はなぜ恋をするのだろうか？　この不滅の問い掛けに「文学」はこれまでも普遍的な「答え」を求めて格闘し続け、これからもなおその格闘は人々の中で永遠に続く。先に述べたように物心つくかつかぬかの年齢で憧れを抱き、子ども時分から誰が教えるともなく意識する相手がある。個々の生命の誕生から考えるに、母胎で十月十日《つきとおか》をともに過ごした「母」なる存在から独り立ちしてゆく孤独感がどこかで作用しているだろう。人は母から生まれた瞬間から、「孤独の旅」に出ることになる。その「孤独」を埋めるために「恋」という作用が用意されており、その延長線上で自らが新たな生命を産み出す可能性を持つ。極論すれば誰しもが「逃げられない孤独」に身を置いているために、「恋」をし、ともに生きる伴侶を見出そうとするのである。したがって「孤独」であることに負の作用ばかりを見出すべきではない。その寂しさ悲しさこそが人を育てることもある。それを「短歌」は「Ｊ－ｐｏｐ」は教えてくれる。

いつかふたりになるためのひとりやがてひとりになるためのふたり
（浅井和代『春の隣』一九九〇年）

ここでは、ひらがなのみで記され「五七五七七」の韻律から自由になって語り出している浅井和代の短歌に注目しよう。本書でくどくどと「説明」している「恋とは?」という命題を、実に率直かつ普遍的に表現した短歌である。「ひとり」であることは「いつかふたりになるため」なのだと言い、「ふたり」になればそれは「やがてひとりになるため」なのだと言い切っている。ここまであからさまに断言されると、誰しもが例外なく「生きる」ことと「恋」との重要な結びつきを意識せざるを得ないであろう。くり返すが、人は母から産まれた瞬間から「ひとり」になるのだ、たとえ双子であってもともに育った子宮内とはちがいそれぞれが「ひとり」である。また「恋」を発端に「愛」を一生育み続けた夫婦がいたとしよう、それでもなお、いつか死別によって「ひとり」になる運命を避けることはできない。昨今の日本社会では、高齢者の方々の自由で夢のある恋愛も何ら不思議ではないが、人生のあらゆる状況にも当てはまる普遍性をもった真理を言い得ている短歌である。漢字が一文字も使用されずひらがなのみの表記は、一見読みにくさも感じるかもしれないが、文字が長く連なる視覚的な効果も高く、そこから人生の長き歩みを感じてしまうのは筆者の深読みに過ぎるであろうか。だが「いつかふたりになるためのひとり」(十五文字)「やがてひとりになるためのふたり」(十五文字)で前半と後半の字数が同一で、しかも「人生の長さ」を感じさせる割には「三十一文字」には字数として到達していない。その不足した「一文字」の先にはこの普遍性では断じることができない理想の哲学が待っているのだろうか。通常の短歌形式「五七五七七」のリズムで読もうとすると、とりとめもない迷宮に誘われたような感覚に陥る。それが「恋」でもあり「生きる」ということだと、韻律そのものにも詩歌としての絶妙な仕掛けがあるのではないか。いまあなたはどの「ための」を生きているのだろうか?

「恋愛」が発明された明治

抑々《そもそも》、「恋愛」とはどういうことなのだろう? 一見、日本古来の用語のようであるが、「恋愛」という語が使用されるようになったのは明治時代初期のことである。用例についてはなるべく「初出」となるよう努めて編集された『日本国語大辞典第二版』に拠れば、一八七〇～七一年(明治三～四)『西国立志編』〈中村正直訳〉において「嘗て村中の少女を見て、深く恋愛し、その家に往きたるに」が最初に掲げられている。その「語誌」欄には、「中国ではロプシャイトの『英華字典』（一八六六〜六九）に既に見えるが、日本では明治初年以来、英語 love の訳語として「愛恋」「恋慕」などとともに用いられ、やがて明治二二年ころから「恋愛」が優勢になった。」とされている。江戸時代の鎖国が解けた明治という時代は、西洋文化の流入とともにその受容に多大に力を傾けた時代であった。「恋愛」が翻訳語として開発されたように、江戸時代までになかった概念を「明治ことば」として主に漢語を創り出すことで受容したわけである。昨今、「コンセンサス」「エビデンス」などの英語を単語次元で挿入し政治家が会見などで答弁する光景をよく耳にするが、これはそのまま「合意」「証拠」という漢語に置き換えることができる。答弁する本人も語義が曖昧のまま使用しているとさえ思うこともしばしばだが、明治時代の漢語翻訳という文化的な営為の賞味期限が切れたのか、「国際化」などという名のもとに日本語の溶解が生じていることに自覚的になるべきだろう。

このような時代状況を鑑みるに、本書でよく登場願っている若山牧水は「明治漢語」から解放され「やまとことば」の響きを最大限に引き出そうとした歌人といえるかもしれない。明治十八年生まれの牧水は、明治二十九年（一八九六）には尋常小学校を卒業、明治三十二年（一八九九）には創立されたばかりの旧制延岡中学校に入学、明治三十七年（一九〇四）には早稲田大学文学科高等予科に入学している。この生育年代の中で「明治ことば」が全盛となる中、短歌に向き合ったことで「やまとことば」を大切にする歌人として巣立つことになる。ある意味で貴重な「やまとことば」の響きが保存され引き継がれたのは、短歌と牧水のお陰というと言い過ぎであろうか。しかし、明治以降の多様な「日本語」の成長の中で、短歌の果たした役割が少なくないことは確かであろう。

誕生日とクリスマスと

「恋愛」関係であるのなら「ふたり」で過ごすことを求められる日が、クリスマス・イブ以外にもう一つある。それぞれの「誕生日」である。よくクリスマス前後の日付が「誕生日」であると、プレゼントが一つに集約されて「損をした」などはよく聞く話である。前章で述べた八〇年代の「誕生日」もまた、クリスマス・イブと同じように高級な場所で食事し高級な贈り物をもって高級なホテルの一室で過ごすことを、流行雑誌が盛んに推奨していた。ある意味で「誕生日」をどう過ごすか？　ということも時代と社会をよく映し出しているといえる。読者のみなさんは最近、どんな「誕生日」を理想としているだろうか？

クリスマスという「祭典」が主に明治以降に「日本化」してきた過程を、メディア資料を元に克明に描き出した著書が、堀井憲一郎『愛と狂瀾のメリークリスマス　なぜ異教徒の祭典が日本化したのか』(講談社現代新書　二〇一七年)である。同書は冒頭から興味深いことが記されている。それは「すべての人間の生誕日が記録されるようになったのは、近代国家になってからである。」(同書14頁)である。「すべての男子を兵士として確保するためであり、全国民から税金を取るためである。」(同書同頁)という目的の元、日本では明治以降になって初めて「生誕日」が記録され始めたわけである。明治期の場合は著名な歌人・作家でも実は「生誕日」が曖昧だという話もよく聞くが、社会制度の上で「生誕日の記録」が黎明期であったことを窺い知る事例であろう。歴史上の人物でも多くが「忌日(命日)」が記録され、「○△忌」とされて後世から偲ばれることになっている。したがって「イエスキリストの降誕祭」とされる「十二月二十五日」であるが、実は「イエス」の生誕の日付はわからない、ということから同書の1章は起筆されている。ではなぜ「十二月二十五日になったのか?」という疑問は同書の説明に委ねるので、ご興味のある方はご一読願いたい。ここで確認しておきたいのは、個々人の「誕生日」が「クリスマス」と同様に明治以降に社会に根を下ろし出すという事実である。もちろん同書『愛と狂瀾の……』は2章で「戦国日本のまじめなクリスマス」3章「隠れた人と流された人の江戸のクリスマス」とキリスト教伝来以後のクリスマス受容史にも言及している。しかし、やはり「現在」に通ずる日本社会に広がったクリスマスは、明治期以降の流れを受けたものであることを私たちは自覚しておくべきだろう。

ケーキを買い蝋燭を立てて灯を点し、そこにいる人々で歌を唄って灯を吹き消す。これが「クリスマス・イブ」と「誕生日」で共通するほぼ定番な日本の風景であることを、ほとんど疑いなく私たちは受け入れている。この事例に限らないのであるが、明治期以降に受容した西洋文化の「雑種」的ともいえる受容のあり方を見直すことで、この国の「二〇二〇年現在」の様々な矛盾などが浮き彫りになる可能性もある。前掲書の記述も参考にしながら、その明治以降の「クリスマス受容」について短歌やＪ－ｐｏｐとともに辿って行くことにしよう。

日露戦争の勝利と狂瀾のクリスマス

前掲書『愛と狂瀾のメリークリスマス』に拠れば、「狂瀾」的なクリスマスが日本で始まったことについて、次のように述べる。

日本のクリスマスのひとつの区切りは１９０６年にある。

ここが、キリスト教と関係のない日本的なクリスマスが本格的に始まった年である。

１９０６年以降、クリスマスは〝羽目をはずしていい日〟として日本に定着していく。


原因は明らかである。

ロシアに戦争で勝ったから。

それまでは西洋列強にいいように振り回される三等国であったニッポンが、キリスト教列強国トップグループの大国ロシアに勝った。その解放感と嬉しさに社会が満ちあふれている。その気分が紙面を通して、強く伝わってくる。


（同書97頁　＊中村注：新聞紙面等を資料とする見解なので「紙面」の語がある）

ここで「狂瀾」ともいえるクリスマスが「国民」的な気分として高揚したことが、「日露戦争勝利」に乗じた社会的気分であることには注意をしたい。現在でも例えば、若山牧水を「国民的歌人」、サザンオールスターズを「国民的バンド」と呼ぶことがある。牧水の場合は、高等学校の全教科書に掲載される短歌「白鳥は哀しからずや空の青海のあをにも染まずただよふ」

があることが根拠であろうか。サザンの場合は、四十年以上にわたりほぼ三世代にも及ぶ長きにわたり日本の音楽界で第一線を走り続けて来たことが根拠となろうか。いずれにしても「国民的」という修飾語を便利に疑いもなく利用している。同じように「国語」という教科名も小・中・高等学校の教育課程において、疑いもなく設置されている。しかし、なぜ「日本語」とか「（日本）文学」ではなく、「国語」と呼ぶのだろう？「国語」と呼ぶ潜在的な意味には意識が及ばないながら、学校で行われる「作文」（最近はあまりこの呼称を使用しないのだが）「読書感想文」「音読」などに、嫌悪感を抱く学習者が後を絶たないのは、どこかこの「国語」的である要素を無自覚に強制的に浴びせられるからではないかと実感することがある。一九〇〇年（明治三十三）新学制により教科「国語」が制定される。前述した一九〇六年の前夜、明治政府が「国民」統合を進めるための政策の一つとして「国語」が設けられたことに、我々はあらためて意識を向けるべきだろう。「国語」という教科名の制定時期が、いわば「国民的」な高揚や狂瀾を醸成する社会づくりが着々と為された時代であったわけである。その「空気」に、クリスマスも加えられたということになる。

ここで「クリスマス」とは直接は関連しないが、次の短歌一首に注目したい。

四《よ》の海みなはらからとおもふ世になど波風の立さわくらむ

（『国民新聞』一九〇四年十一月七日付）

掲出歌は明治天皇「御製」であり、これらが日露戦争前後より「多量に流通し始めた時期」として、その「政治的役割」について詳細に指摘したのが、松澤俊二『「よむ」ことの近代 和歌・短歌の政治学』（青弓社 二〇一四年）である。掲出歌についても、一九〇四年（明治三十七）十一月七日付「国民新聞」一面に掲載された「御製」三首のうち一首である。松澤の前掲書に拠れば、翌日付の同紙において前日掲載の「御製」について「大御心」という記事が掲載され、「その『大御心』を中心に、政府、人民、武人、文官、戦闘民、非戦闘民などが『挙国一致』すべきことが説かれている。記事の文脈から『御製』が『大御心』の現れと捉えられ、さらにそれが『一国の人心』を結び合わせるメディアとして浮上していたことが理解される。」と指摘している。さらにこうした「御製」のメディア化を具体的に松澤が指摘した事例を以下に引用として示す。

日論戦争の時期、息子を兵に取られ自暴自棄となっていた農村の老人が、「御製」によって改心し、立ち直ったという。戦場に若者を送った銃後の年長者や農村の憤懣が、「御製」によって見事に和らげられ、調整されている。これらの逸話のなかでは、様々な憤懣や他者への羨望、欲望を抱えた人々が「御製」によって陶冶され、戦争を忍耐し、その遂行を推し進める主体＝「国民」として均一化された。しかし、「御製」は現実の諸状況を改善するわけではない。それは人々に現状を受け入れるよう促すだけである。流布された逸話は、「御製」をどのように受け入れ、戦時を耐え忍ぶべきか、望ましい振る舞いを人々に具体的に教えるものだった。逸話から「御製」に対してとるべき振る舞いを知り、実践することで、人々は自らを戦時「国民」として立ち上げる。（同書89頁）

松澤の指摘の中にある「様々な憤懣や他者への羨望、欲望を抱えた人々」の存在があり、「その遂行を推し進める主体＝「国民」として均一化された」という社会的な構造が、この日露戦争前後の日本の社会であることがわかる。もちろんこの「御製」の力のみで「国民」が立ち上げられたわけではないが、和歌短歌がこのようにメディア化し社会構造に大きな影響を及ぼす事例があったことを、我々は知っておくべきである。かくして「国民」的な「陶冶」と「均一化」の作用が、それまでは劣等感ばかりに憑りつかれていた西洋列強に「打ち勝った」

という「幻想」とともに、「クリスマス」の「狂瀾」が社会的な風潮になったという仮説を考えてみたくなる。第二次世界大戦後も含めて「この国」が引き継いだ心性として、我々は十分に注意を要するものといわねばなるまい。もとより、掲出の明治天皇御製歌は「四方の海をめぐらす世界中はみな兄弟・同胞であると思う世の中であるのに、どうして波風が立ちさわいでいるのであろうか」といった歌意となる。和歌短歌の解釈の多様性が、時に政治的に利用されると危険な反転となることにも、我々は十分に自覚的でありたい。

「クリスマス飾り灯ともりて」木下利玄 —— 大正期

明治屋のクリスマス飾り灯ともりてきらびやかなり粉雪降り出づ

（木下利玄『銀』一九一四年）

大正期になると「子ども向けのもの」という設定ながら、クリスマスの街は次第に華やかになると前掲『愛と狂瀾のメリークリスマス』7章にある。一九一四年（大正三）からの欧州大戦があり、舶来品の輸入が少なくなりながら「聖誕祭を控えた銀座通、華やかな店飾と玩具の日英同盟」などと大戦情勢の影響を受けた記事の見出しがあることも紹介されている。また一九〇四年（明治三十七）に百貨店としての「三越」が誕生し、クリスマス広告を出すようになり、大正末年までには「土足入店」が可能になって大衆化し「デパートがクリスマスを先導していくようになる」ともされている。掲出歌は、一八八六年（明治十九）岡山県生まれの木下利玄の短歌である。木下は、国文学者であり歌人の佐佐木信綱に師事し『心の花』同人、その後、志賀直哉や武者小路実篤らとともに『白樺』を創刊、克明な描写、口語的発想、四四調など特異な歌風を完成していった歌人である。木下の第一歌集となる『銀』は一九一四年出版、明治末期から大正頃の作品となる。「明治屋」は一八八五年（明治十八）創業の食料品や和洋酒類の小売・輸出入を行う業者、一九一一年（明治四十四）には「株式会社明治屋」となってジャムの発売もしている。木下の短歌では、西洋船来食品酒類の輸入に携わっていた「明治屋」の「クリスマス飾り灯ともりて」とその外観的な装飾を描写し、「きらびやかなり」とその心を表出している。さらに結句では、「粉雪降り出づ」としているのだが、街の「クリスマス飾り」と「雪」との組み合わせは、その後、現在に至るまでのクリスマスのイメージとして定着している。街頭の店舗などがクリスマスになると華やかに飾られるのは、既に明治末・大正初期に短歌の描写とされていることを確認しておきたい。

忌日と奉祝とクリスマス

一九二六年（大正十五）十二月二十五日、クリスマス・イブから日付が変わった直後の午前一時二十五分、大正天皇が崩御された。この日から七日間のみの「昭和元年」が過ぎ、昭和二年となり「昭和時代」が始まった。前掲書『愛と狂瀾のメリークリスマス』に拠れば、一九二七年（昭和二）から、十二月二十五日は先帝崩御の忌日として「大正天皇祭」としての休日となり、その後一九四七年（昭和二十二）まで続くのだと云う。しかし、その間のクリスマスがすべて自粛傾向にあったかというと、どうもそうではないらしい。大正天皇の「一周忌」に当たる昭和二年は、さすがに自粛のクリスマスであったようだが、昭和三年以後ともなると「クリスマス狂騒時代」に入るのだとされている。同書に曰わく「昭和初年の浮かれた文化は、1920年代のアメリカの浮かれた文化とあきらかに連動している。1910年代の欧州大戦の戦場にならなかった大国としてアメリカと日本は、ふしぎな繁栄を同時に謳歌していたのだ。」（同書128頁）という指摘もされており興味深い。その後しばらく、クリスマスは狂騒と大衆化の中でエスカレートしていくことになる。

時に一九三三年（昭和八）十二月二十三日午前六時三十九分、昭和天皇に皇子が誕生、現上皇陛下である。前掲書に拠れば「奉祝の歓声とどろき続く　Xマス」と新聞は見出しで謳歌し、狂騒ムードのクリスマスを熱く盛り上げ、同書に拠ると「昭和8年クリスマス大騒ぎの風景」とされている。

萩原朔太郎の羨望と違和感

若山牧水とも親交があった詩人・萩原朔太郎は一八八六年（明治十九）生まれ、牧水の一歳年下ということになる。朔太郎は詩人として名高いが、中学校時代からの出発は短歌創作であり、評論にも短歌の韻律や古典和歌に関するものが見られる。その朔太郎がクリスマスについて、次の詩を詠んでいる。

クリスマス　　**萩原朔太郎**

クリスマスとは何ぞや

我が隣の子の羨ましきに
そが高き窓をのぞきたり。
飾れる部屋部屋
我が知らぬ西洋の怪しき玩具と
銀紙のかがやく星星。
我れにも欲しく
我が家にもクリスマスのあればよからん。
耶蘇教の家の羨ましく
風琴《おるがん》の唱歌する聲をききつつ
冬の夜幼なき眼《め》に涙ながしぬ。

（『萩原朔太郎全集』第三巻）

詩は、「クリスマスとは何ぞや」という疑問で始まり、童心の語り手が隣人の子のクリスマスを羨み、「そが（その）高き窓」から覗いてみるに、装飾された「部屋部屋」と「我が知らぬ西洋の怪しき玩具」があり、「銀紙」で作った輝く「星星」が見えるとされる。自分の家にもクリスマスがあればよいと願い、「耶蘇教の家」を羨ましく思い、「風琴《オルガン》」によって唱歌される歌声を聞きつつ、冬の夜に「幼なき眼に涙」をながしたという内容である。詩の表現のみから判断するならば、「クリスマス」が「耶蘇教（キリスト教）」の祭典であるという意識が見え、またあらゆる家庭で装飾が施されたクリスマスが行われていたわけではないと読める。この詩の「子ども」と思われる語り手は、明らかに「クリスマス」に異質な眼を向けていると解せる。

同じく朔太郎は、一九三六年（昭和十一）『朝日新聞』に次のような内容を寄稿している。

クリスマスの悲哀　萩原朔太郎

クリスマスで町が賑はつてゐる。キリスト教徒でもない日本人がクリスマスを祝祭するとは何事だらう。昔の僕はムキになつて腹を立てて、百貨店の前で「このタワケモノ奴等」と怒鳴りつけた。しかし今では、こんな現象にさへも、特殊の必然性を認めるやうになつて来た。

といふわけは、元来お祭好きの日本人が、今日の民衆的祭日さへも無く、その点で寂しがつてることを知つたからだ。西洋には謝肉祭とか花祭とかいふ、年中行事のお祭があり、民衆がこぞつて宴楽し、以て生活の憂苦を忘れるのだ。日本にはこんな風に民衆の享楽する祭りの日はない。それでも下町の町家や職人等には、神田祭や山王祭があるけれども、学生やサラリーマン等の知識階級が、一緒に山車をひいて騒ぐわけに行かない。

僕は昔森鷗外訳の即興詩人をよみ、大学生や知識階級の人々が、市民に伍して宴会するヱニスの謝肉祭を羨望した。知識階級といふ者がなかつた江戸時代は神田祭等が民衆全般の祭日で、西洋の謝肉祭みたいなものだつたらう。然るに今日の日本には、さうした国民的祭日がないのである。サラリーマン等がクリスマスに浮かれるのは、彼等の「失はれた祭日」を回復する為の郷愁であり、まことに悲しい現代日本の悪文化表象であり、それの皮肉な諷刺画でもある。

（一九三六年十二月二十五日『東京朝日新聞』「槍騎兵」掲載）

「キリスト教徒でもない日本人」がクリスマスに興ずることに違和感を抱き、怒って「百貨店の前」で他人を怒鳴りつけたりした朔太郎が、次第にクリスマスに「特殊の必然性」を認めるようになると綴られている。それは「生活の憂苦を忘れる」「民衆的祭日」がないからだと論じている。朔太郎は鷗外訳の『即興詩人』を読み、「大学生や知識階級の人々が、市民に伍して宴会するヹニスの謝肉祭を羨望した」として、江戸時代の「神田祭」などがこれに該当するのではと述べる。「サラリーマン等がクリスマスに浮かれる」のは、『失はれた祭日』を回復する為の郷愁」であるとし、最後には「悲しい現代日本の悪文化表象であり、それの皮肉な諷刺画でもある。」とクリスマスを皮肉っている。

先の詩に表現された「童心のクリスマスへの羨望」と裏腹に、日本社会の中にあらゆる階層の人々が公平に興じることのできる「国民的祭日」がないことへの批判は、まさに時代を映しているともいえるかもしれない。クリスマスは、ある詩人の心に羨望と矛盾の入り混じった明治以降の混沌とした文化的狂騒と映っていたわけである。この翌年から、日本社会は「クリスマス」どころではない情勢に突入することになる。

凍結された八年間

一九三七年（昭和十二）に盧溝橋事件を契機に日中戦争が始まり、この東アジア情勢を導火線として第二次世界大戦が、一九四一年（昭和十六）に開戦となる。ここから約八年間は、クリスマスは自由にできないものになってしまった。再び前掲書『愛と狂瀾のメリークリスマス』に目を転じると、一九三七年（昭和十二）から「森永クリスマスの集い」の中止、クリスマスイベントが「戦勝を祝う会」に変更されたり、「帝国ホテルがクリスマス宴会を永久に取り止める」などの情勢変化が記されている。また「警視庁の取り締まり宣言」によって「帝都のダンスホール」はクリスマス向けの華美な営業を自粛させられたりしている。以前の「狂瀾のクリスマス」は影を潜め、「必要以上に目の敵に」されるという当時の情勢が記されている。本章で既に記したように、日露戦争の戦勝により「羽目を外してよい日」とされる社会的な経緯があったわけだが、「クリスマス」はいつもその本意を失い代行的祭典となるという日本社会なりの受容が顕在化していることを考えるに、萩原朔太郎という詩人は鋭い指摘をしていたといえそうである。

　となれば、戦後の占領期・復興期に「クリスマス」はどうなっていくのだろう？『愛と狂瀾のメリークリスマス』に拠れば、一九四八年から一九五七年までを「破壊的狂瀾クリスマス」としている。戦後の混沌とした社会状況の中で再び「クリスマス」が「狂瀾」という語で表現されるような様相を見せる。同書の指摘（176～177頁）として興味深いのは、『１９２８年から１９３６年までのクリスマス大騒動』と『１９４８年から１９５７年までの狂瀾のクリスマス』は、どう見てもつながっている」にもかかわらず、そのような言説がないのを「まことに不思議である」としている問題意識である。「戦後に書かれたものだけを見ていれば、クリスマス騒ぎは、戦後のものであって、それはアメリカさんに占領されたからだ、と考えるだろう」という記述もある。ご興味のある方は、同書を一読願いたいが、ここにも「戦前戦後」を取り巻き、現在までも尾を引く問題が潜んでいる匂いがするのである。さらに広い視野で明治以降の日本の歴史を考えるに、置き去りにして触れないようにしているものが、どこまでも影響力だけを密かに維持しているような得体の知れなさが漂う。特に言語を含めた西洋文化の受容において、日本人が抱えた西洋に対する劣等感や自己認識の甘さが招く齟齬のようなものから、私たちはいつまでも逃れることができない。田畑は凍える冬を越えて春になれば、改めて耕され土壌は撹拌されて新たな作物を育てられるようになる。この耕し撹拌することから逃げ続けていることが、二〇二〇年代の日本社会にも顕在化していることに自覚的になるべきではないだろうか。

聖夜の月

前項で述べた「一九四八年から一九五七年」において、クリスマスを題材とした短歌（＊歌集出版年に拠る）を挙げてみよう。まずは若山牧水と学生時代に親交があった前田夕暮の子息である前田透の一九五三年出版の歌集から。

灯のともるクリスマス樹の下を過ぐ斯く善良におろかなるもの
（前田透『漂流の季節』一九五三年）

灯火の点る「クリスマス樹の下」を通り過ぎる。かなり大きなクリスマスツリー、もちろん人造ではなく自然の樅の樹木によるツリーが想像されてくる。もとより自然の樹木に「灯のともる」ということそのものに、いささかの矛盾として人間の傲慢による都合を考えさせられる。

下の句ではその矛盾と行き場のない気持ちを「斯く善良におろかなるもの」と表現している。やはり「クリスマス」の本意は社会的に定着してはいない、しかし「灯のともるクリスマスの樹の下」を通り過ぎるとどこか敬虔な気持ちも生じたのだろうか、それが「善良」。しかし西洋文化としての「キリストの降誕祭」という内実も十分に理解し得ていないにもかかわらず、「善良」とは誠に偽善的ではないか？　そんな自己省察のもとに「おろかなるもの」と結句で自らを揶揄する表現で歌を着地させている。前項で述べた不可解さというものを、「クリスマスの樹」に焦点化して上手く一首にまとめている。もちろんキリスト教信者であれば、「おろかなるもの」ではなくクリスマスとしての本意を実行しているだろう。だがその宗教的な「善良」が社会全体を覆うことはなく、個別化もせず社会全体が「狂瀾」であることに自虐的な「おろかなるもの」という揶揄が向けられたのだろう。

次に短歌の西洋化・近代化という大きな壁に向き合って詩歌の未来を羨望し独自な表現を続けた、前衛短歌の旗手である塚本邦雄の一首。

聖夜たれも見ざる月さすぼろぼろの赭き鐵骨の中をとほりて

（塚本邦雄『装飾楽句』一九五六年）

「聖夜には誰もが見ることはない月の光がさすのを」という詠い出し、確かに「狂瀾のクリスマス」において、当日の月がどんなに美しいものであろうと話題にもしないのではないだろうか。夏から秋には「仲秋の名月」だといって「綺麗だ綺麗だ」と、しかも満月だけを愛でていた人たちの姿が浮かぶ。空気の冴えた冬の空に美しいはずの月であることには変わりないが、この「聖夜」の月は「ぼろぼろの赤き鉄骨の中を通っている」と諷刺を込めた表現が鮮烈に心に突き刺さる。となれば「聖夜」というように崇高な表現がされ、街や樹木に灯が点り華美極まりないこの夜も、時節が過ぎれば「ぼろぼろの赭き鐵骨の中」のように頽廃的で空虚なものとなるのではないかという訴えにも読める。季節の行事においてその本意を失った姿が、錆び付いた「ぼろぼろの赭き鐵骨」そのものである。この不全感を持ちながら、「聖夜」という閑かで崇高な響きの身の置き場は、どこになるのだろうか？　と考えさせられる歌である。戦後の混沌とした社会情勢は、落ち着く場を知らず高度経済成長期へと向かう。

高度経済成長期からのホームクリスマス

東京タワーが着工されたのが一九五七年（昭和三十二）六月二十九日であり、完工式が挙行され正式にオープンするのが翌一九五八年（昭和三十三）十二月二十三日である。そして翌十二月二十四日に一般公開が開始されている。何と「東京タワー」は「クリスマス・イブ」に合わせて公開されたというのは、意外であるようでもあり、狙ってあり得る話のようにも思われる。日本一の建造物としての「東京タワー」は、戦後復興が成し遂げられ日本が高度経済成長を着々と進める象徴として、世界への玄関口である東京湾からも羽田空港からもよく見える東京都港区芝公園に三百三十三メートルの威容で燦然と樹立したわけである。その『東京タワー』は単なる観光的な象徴であるばかりではなく、電波塔としての役割も重要であったようだ。竣工以後のテレビ放送の発展をみるにあたり、高度経済成長期の家電品の普及が進むことになる。周知のように六年後の一九六四年（昭和三十九）が日本にとって待望の「東京オリンピック」であり、東海道新幹線の開業や首都高速道路の建設などのインフラ整備が飛躍的に進む時代である。

この高度経済成長期に「日本のクリスマス」はどうなっていたのか？　前掲書『愛と狂瀾のメリークリスマス』に拠れば、「戦後といえる時代が終わるとクリスマスの乱痴気騒ぎがおさまり、日本は高度経済成長期に入って、クリスマスは家庭で過ごすものへ様変わりしていった。」（186頁）とされている。テレビに代表される家電品の普及と相俟って、家庭に楽しみが増え、ホームパーティーが盛んになった時代といってよいかもしれない。それによって子どもたちはご馳走やケーキを家庭で楽しみ、サンタさんからのプレゼントを期待するという聖夜となる。

家庭が娯楽の時代「8時だョ！全員集合」

一九七〇年（昭和四十五）になると大阪で万国博覧会が開催され、日本社会に夢の未来の実像が示されることになる。アポロ十一号が持ち帰った「月の石」がリアルに展示されたことは、メルヘンな「物語」が「科学」に取って代わられることが実感された。この七〇年代はまさにテレビ番組の時代といっても過言ではないだろう。例としてザ・ドリフターズの「8時だョ！全員集合」の視聴率を参考までに見ておこう。一九六九年（昭和四十四）十月四日の初回放送が「12．9％」、その三年半後の一九七三年（昭和四十八）四月七日が番組史上最高視聴率「50．

5％」を記録している。その後、七〇年代は30％前後と脅威の数値で推移することが一九八一年（昭和五十六）まで続く。最終回となった一九八五年（昭和六十）九月二十八日が34・0％、番組平均視聴率は27・3％というお化けホームコメディ番組であった。筆者も幼少の頃、どうしてもリアルに公開放送が観たく思い、忙しい母にせがみハガキで入場券に応募し、一度だけ抽選に当たったことがある。当時の文京公会堂（東京都文京区・現・文京シビックセンター）まで行くと、会場の周囲に長蛇の列ができていた鮮明な記憶がある。番組オープニングでは、いかりや長介以外の四人が会場の通路から駆け上がるのだが、（通路のそばの座席を確保して）その四人と握手ができることを羨望していた筆者の夢は、その長蛇の列の後方に並んだことで泡と消え、二階席から紫のスポットライトの「ちょっとだけよ」を生で観られた経験で満足する結果となった。それほど多くの子どもたちが、このお化け視聴率番組の虜になっていた。もちろん教育上よくないという批判も喧しく、家庭によっては視聴禁止という措置さえも敢行された。そんなテレビっ子の時代、クリスマスも「お茶の間」で楽しむものとなったという社会的な情勢を考えてもよいのかもしれない。次に挙げるのは上田三四二《みよじ》という歌人が一九七五年（昭和五十）に出版した歌集『涌井』（収載された短歌は、一九六六年（昭和四十一）から一九七四年（昭和四十九）まで年次順にされている）に収載された短歌である。

親子四人テレビをかこむまたたくまその一人なきとき到るべし

馴鹿などかざる聖夜の送迎車園児らはみな窓に小さし　（上田三四二『涌井』一九七五年）

一首目（「昭和四十一年」所載）、「親子四人テレビをかこむ」ことが描写されている。しかし、それも「またたくま」であるとして、家族団欒はいつなんどきどんなことで崩れていくかという不安を考えさせられる。上田は幾度かの闘病を経て、命と内面を見つめた歌が多い。入院治療やその他の理由で「その一人なきとき到るべし」という茶の間の描写に悲しさが滲み出る。それだけに当時は「親子四人テレビをかこむ」ことが、家族の時間として重要であったことを思わせる一首である。

二首目（「昭和四十七年」所載）、幼稚園か保育園の送迎バスだろうか、「馴鹿などかざる聖夜の送迎車」とあり、クリスマス・イブの当日は「馴鹿」などの大きな装飾が「送迎車」に施されていることが描写されている。「8時だョ！全員集合」の生中継舞台セットも、時代の遺物としていかにも大掛かりで奇想天外なものであったが、「送迎車」の装飾にも時代感が表われているといえるだろう。その「送迎車」に乗っている「園児らはみな窓に小さし」と詠われているのである。

この時代は「日常にある不可能を可能にする時代」ともいえようか。もちろんオイルショックなどの国際情勢の変化による逆風がなかったわけではない。しかし日本社会は、「家庭が娯楽」という理想的な時代を、娯楽番組やプロ野球中継・プロレス中継などがゴールデンタイムのテレビを飾ることで成し遂げていたような気がする。そんな社会情勢の中、クリスマスも「家庭」において楽しむという、ある意味で健全で豊かな時代であった。一九七四年（昭和四十九）長嶋茂雄が「我が巨人軍は永久に不滅です」という言葉を遺し現役を引退、この年巨人軍のV10は達成されず、新たな時代の幕開けが予感された。

再び八〇年代のクリスマス

本書が「J-pop」としてその中心で取り上げている桑田佳祐が「勝手にシンドバッド」という曲を引っ提げてサザンオールスターズで鮮烈なデビューを果たしたのが、一九七八年（昭和五十三）である。前項からの流れで述べるならば、もとよりこの「勝手にシンドバッド」という楽曲名は、「8時だョ！全員集合」で志村けんが、ギャグのように口走ったのを「拝借した」ということらしい。読者の方々の年代によって注釈が必要であろうから少々述べておくと、この志村けんのコントに発する名称は、歌手・沢田研二の「勝手にしやがれ」（一九七七年リリース・第十九回日本レコード大賞受賞曲）と同年リリースのピンクレディによる「渚のシンドバッド」の双方の題を融合したものである。デビュー当時のサザンオールスターズは、ある意味で「コミックバンド」を標榜しているところがあり、ビートルズの前座も務めたザ・ドリフターズには尊敬の念が少なからずあったものと思われる。サザンオールスターズの楽曲に関しては、また機会をあらためてその詩的抒情について記したいと思っているので、本書では「クリスマス」という本線に従って話を進めることにしよう。いずれにしてもテレビが家庭の娯楽であった時代は、背後でミュージシャンたちの深夜ラジオ放送などがテレビを卒業した若者を喚起する作用が根づいていた。その延長に前章で記した「八〇年代のクリスマス」があったわけである。ここで再び八〇年代のクリスマスに目を向けてみよう。

街は聖誕祭《ノエル》のさざめきなりき予感なく君が言葉を受けとめし日も

（今野寿美『花絆』一九八一年）

一九八一年（昭和五十六）出版の歌集『花絆《づな》』所載、今野寿美の一首。「街は聖誕祭《ノエル》のさざめきなりき」と表現し、「狂瀾の聖誕祭」ほどではなく「さざめき」というからには、「趣ある喧噪の街」が想像される。そんな過去の記憶の中で「聖誕祭《ノエル》」を当初から意識していたわけではなく、「予感なく君が言葉を受けとめし日も」と「君」からの「言葉」を受けとめた「日」もまた「聖誕祭《ノエル》」であったと読むことができる。結句最後の一文字「も」が実に効いている。未だこの歌の中にある「君」そして「我」は、「恋人たちの聖誕祭《ノエル》」の意識がないことに注目したい。しかし「君」はもしかすると「聖誕祭《ノエル》」を意識していないとも限らない。このあたりに「恋人たちのクリスマス」全盛となる八〇年代の萌芽を読み取ることが可能であろうか。「子どもたちのホームクリスマス」から離脱し成長した若者たち、それこそが八〇年代クリスマスの主役となるのである。

近藤芳美歌集『聖夜の列』

一九八二年（昭和五十七）に出版された歌集に、近藤芳美『聖夜の列』がある。その「後記」に拠れば、「作品の時期は一九七九年から八一年にわたっての三年間、わたしの六十代後半の年齢と重なる。」とある。近藤にとって「十三冊目の歌集」という訳だが、なぜ『聖夜の列』という歌集名としたかが気になるところである。さらに後記を読み進めると、「歌集もそれだけの数を重ねると新しい書名を考えるのがやや億劫でもあり、仮に、歌集稿の最後にあった『聖夜の列』という小連作の題をそのまま用いることとした。」とされている。さらにその「小連作の題」となった短歌が次の一首である。

軍政の知るなき世界冬を暗く雪に聖夜の列つづくという

（近藤芳美『聖夜の列』一九八二年）

さらに「後記」の記述に拠れば、「軍政下にあるとだけ知る遠いポーランド情勢を心に置いて作った一連ではあったが、そのことが、何かわたしたちの生きていく今の世界を暗示するようにも思えないではない。」とある。掲出歌に続く歌集巻軸の歌は「今わずかに選択としてある『平和』地に生き合わむ人のかなしみに」とある。第二次世界大戦後の米ソ対立に根ざした「冷戦」は、七〇年代から八〇年代にかけて新たな動きの予兆が見え始めていた。旧ソ連を中心とする「東側（社会主義陣営）」の一翼を担っていたポーランドであるが、一九八一年十二月十三日「戦争状態（戒厳令）」が宣言され、新たな権力構造が作り出された。一九八三年七月に「戦争状態（戒厳令）」は解除されるものの、軍を背景に実権を握った政治的指導者の国は、世界にも暗い影を落としていたわけである。「軍政の知るなき世界」とあるようにポーランド情勢を日本から憂いた近藤芳美の想像上の「心」の風景でもあるが、「冬を暗く雪に聖夜の列つづくという」という描写は、「戦争状態（戒厳令）」下の「聖夜」の様子を「冬を暗く」という中に「雪」の白さのモノトーンな情景を描き出すように実感として読める。七〇年代に続いてきた「ホームクリスマス」に象徴されるように、「平和」を謳歌していた日本の「聖夜」ではあるが、世界に目を転じると「今わずかに選択としてある『平和』」が厳然として存在している。近藤の歌集「後記」に記される「何かわたしたちの生きていく今の世界を暗示するようにも思えないではない。」という二重否定が、意味深く「聖夜の列」の情景に思いを重ねる結果となる。

本章で述べて来たように明治以降、日露戦争の戦勝を機に「狂瀾」となるクリスマス、再び前掲書『愛と狂瀾のメリークリスマス』の記述に注目してみよう。「クリスマスは日本社会の玩具である。気分によって取り扱いを変える。」（197頁）とある。「降誕祭」という本意をあくまで棚に上げておいて、社会情勢に合わせたまさに「悲しき玩具」であるというわけだ。同書はさらに一九七〇年代後半からの「バレンタイン」、二〇一〇年代からの「ハロウィン」なども引き合いに出しながら、次のように指摘している。

西洋文化の祝祭の容れ物を借り、そこで独自の祭りを展開している。由来もなければ、歴史もない。伝統にもならない。ただ、西洋文化を受け入れているというポーズだけがある。おそらくその西洋人向けのポーズが大事なのだ。

（堀井憲一郎『愛と狂瀾のメリークリスマス　なぜ異教徒の祭典が日本化したか』講談社現代新書　二〇一七年　237頁）

少なくとも、欧州のクリスマスは明らかに閑かだ。筆者は若かりし頃、フランスの知人宅で「聖夜」を迎えたことがあるが、家族・親類が集まって敬虔にあくまでも閑かな一晩であったことが印象的であった。「バレンタイン」において職場などでの「義理チョコ」狂騒曲のような様相、ハロウィンもまた本意などどこ吹く風に、渋谷のスクランブル交差点に仮装した狂瀾の若者たちが乱舞している。幕末明治の開国以降、急速かついびつに本意が歪められた西洋文化を、「玩具」のように「私は西洋文化を受け容れています」というポーズを取り続けている。

「クリスマスの狂瀾」を稀釈するように、「バレンタイン」と「ハロウィン」を加えて「狂瀾」を社会的に惰性で維持し続けている。

現在、二〇二〇年代に至るまで、エネルギー政策や産業などの社会構造でも然り、外国語教育が進歩しないとめどない教育的議論然り、米国化に依存した食生活の普及による成人病増加の問題も然り、私たちが直面する多くの問題は同線上の社会構造と国民意識に根ざしたものではないかと思えてくる。その偏向と妄信の図式から、そろそろ抜け出さないといけない時が来ているように思えてならない。

「思い出が　波にゆれる」
――【桑田佳祐『MERRY X'MAS IN SUMMER』】

前章で述べた八〇年代のクリスマスに関連した、桑田佳祐の曲について再び取り上げてみたい。一九七八年（昭和五十三）にサザンオールスターズで鮮烈にデビューした桑田であったが、八年後の一九八六年一月「KUWATA BAND」を結成するに至る。前年に妻の原由子が出産のために休養というサザンのバンド事情もあったが、人気絶頂でありながら、「一年限定」とはいえ新たなバンドを結成する桑田の思いには注目すべきものがある。当時の桑田の思いをインタビューを素材として綴られた『ブルー・ノート・スケール』(ロッキングオン 一九八七年)という書籍がある。同書に拠れば、「KUWATA BAND」の結成の意味として「サザンとはまた別にね、だから『貧乏』を少し求めるの。貧乏みたいな価値観を、ハングリーというか。」(同書209頁)とある。前年にはサザンオールスターズとして『KAMAKURA』を、ビートルズの『ザ・ビートルズ(ホワイト・アルバム)』を意識し名盤アルバムの次に出す自由な二枚組アルバムとしてリリース。デビュー以来、常に極まった活動を展開して来たのだが、ここで各メンバーはソロ活動を目指す流れとなる。恵まれ過ぎ豪華になり過ぎた「サザン号」を敢えて一時停止させる。そこに生じた「摩擦」こそがバンドをやる上で大切だと考えたようである。「やっぱり男は何かしら『貧乏』がないと、バンドにならないという。」とも同書には記されており、「久しぶりに違う異物と摩擦するみたいなことを求める時期」(同書208~209頁)だと考えたようである。

その「貧乏」と「摩擦」の成果として「KUWATA BAND」が最初に作った曲が、『BAN BAN BAN』と『MERRY X'MAS IN SUMMER』そして『スキップ・ビート(SKIPPED BEAT)』である。前章で述べた桑田プロデュースの「メリー・クリスマスショー」は、一九八六年・八七年の二年間にわたり、クリスマス・イブの特番として制作された。まさに八〇年代恋人たちのクリスマス全盛の時代の番組であり、『MERRY X'MAS IN SUMMER』はその番組内でも演奏された曲である。ここでその歌詞を見ておくことにしよう。

『MERRY X'MAS IN SUMMER』
（作詞・作曲：桑田佳祐／編曲：KUWATA BAND　一九八六年）

恋は真夏の History
I've been cryin', X'mas in Summer
砂に書いた言葉
My baby, I called you. Oh no!!

心変わりは Misery
She's been cryin' Please be my lover
夕陽浮かぶ海へ
ひとりきりで　駆けてた

思い出が　波にゆれる　今宵はSilent Night
泣き濡れた日々よいずこ
みめうるわし君よ

※Let it be この夏は　もうこれきりね
夢見るよな　甘いBrown-eyes
お別れで　濡れてた

We can be 心から　そう愛されて
振り返れば　雲の上で
神様が　微笑むこの街

まるで天使のMelody
I've been cryin', X'mas in Summer
名前さえも知らぬ

My baby, I called you. Oh no!!
誰もかれもが Patiently
Who's been cryin'? Please be my lover
悲しみで溶けそうな
エボシ岩の彼方に

恋人のいない秋を　迎えにゆくの？
星空に君の顔が
流れては　消えてく

Let me know 渚にて　ああ涙ぐむ
あの頃見た　虹のように
美しい瞳よ

Show me please 忘られぬ　ああ夏の日よ
振り返れば　風の中で
神様が　佇むこの街

※Repeat

（ＪＡＳＲＡＣ 出 2105255-101）

「恋人たちのクリスマス」が社会的な空気感となっていた八〇年代、クリスマス・イブに恋人と過さねばならないというような同調圧力から解放されることも必要ではなかったのだろうか。恋人とたとえ過ごせないとしても、「思い出が波にゆれる　今宵はSilent Night」と夏の恋に思いを馳せながら過ごすクリスマスもある。桑田の制作する楽曲のイメージは、サザンの場合特に「夏と海」であった。「悲しみで溶けそうな　エボシ岩の彼方に」の部分には、湘南・茅ヶ崎の名物「烏帽子岩」が登場するが、「KUWATA BAND」の立ち上げにサザンの香りが残っているあたりはご愛嬌。むしろサザンファンとしてはたまらない魔力ある重要単語を引き連れての楽曲ともいえる。

やはり「恋は真夏のHistory」なのである。しかし、「名前さえも知らぬ」ひと夏の恋は「泣き濡れた日々」にすぐに化けてしまう。「I've been cryin'」や「She's been cryin'」または「Who's been cryin'?」が随所にくり返され、「お別れで濡れてた」涙は、夏を過ぎても終わることはない。「恋人のいない秋を迎えにゆくの?」とひとり孤独な秋への思い、「心変わりはMisery（=みじめさ）」であり、「誰もかれもがPatiently（=辛抱強い・気長に）」なのである。やはり恋はみじめで辛いことも多い、しかし、「あの頃見た虹のように　美しい瞳よ」の記憶は、「忘られぬ　ああ夏の日よ」といつまでもあり、「星空に君の顔が　流れては　消えてく」といった心境から逃れられないのである。

「振り返れば　雲の上で」「振り返れば　風の中で」あの夏の日を思いつつ、クリスマスに「神様が微笑むこの街」「神様が佇むこの街」にいる。どうやら「恋人たちのクリスマス」は、「クリスマス」ではなくてもよいようだ。むしろ「恋人といる夏」こそが、「クリスマス」のような美しい思い出にもなる。「西洋文化の祝祭の容れ物」ではなくとも、「恋人」との時間を過ごすために「Misery（=みじめさ）」も覚悟しつつ、「Patiently（辛抱強く）」待つことが求められる。時節をズラすという「異物の摩擦」を設定することで、「恋人たちのクリスマス」が全盛の時代に、「恋」とはどのようなものか？　を炙り出す。決して「恋」は、借り物ではないことを考えさせられるとともに、辛抱強く「待つこと」そんなただよう滞空時間が求められることを考えさせられる曲である。

バブル崩壊のちイルミネーションへ

ぜいたく品などへの過剰な個人消費、過大な設備投資などによる景気拡大、そんな泡が社会に大きく拡がってゆく一九八〇年代であったが、「泡」はいかに脆弱であるか、などと社会全体が考えることもなく突き進んだ時代。八〇年代の過剰なまでの「恋人たちのクリスマス」は、こうした社会背景に躍らされた一現象であったことは明らかだ。もちろんそれを過ちとして省みることも必要であるが、物事に邁進する根拠のない自信と推進力は、特に若者においては失うべきではない心のあり方ではないのだろうか。二〇二〇年を過ぎた今、あらためて「恋人たちのクリスマス」を「代行できる何か」を社会が持たねばならないと考えている。それは「狂瀾」という意味ではなく、「恋」の大切さを信じるがゆえに。

一九八九年一月七日昭和天皇崩御、明治三十四年（一九〇一）生まれであった昭和天皇こそが、この「クリスマス受容史」そのものの時間を生きて来たことにもなる。僅か七日間の「昭和六十四年」が終わり、一月八日からは「平成元年」となった。前年あたりから昭和天皇のご体調がすぐれないことを理由に、テレビCMで井上陽水が「お元気ですか?」と画面に投げ掛ける台詞が、サイレントな口パクに編集されたりした。バブル景気は冷めやらないうちではあったが、確実に時代の地殻変動が起きる予兆を覚える末世感が漂った。

その年の暮れ、筆者は一九八〇年代の幕が閉じ一九九〇年代が訪れるのを(日本時間に換算)、英仏間のドーバー海峡上のホーバークラフト船内で迎えていた。前述したようにフランス在住の知人宅を拠点に、主に列車で欧州縦断の旅に出ていた。その欧州行の航空機の中で、ルーマニアの指導者であったチャウシェスク処刑の写真を目の当たりにした。ベルリンの壁についても市民が壊し始めており、知人とフランスから自動車で出向き、壁の欠片を拾いに行きたいなどと話していた(実現しなかったが、今思えば敢行すべきだった)。九〇年代は確実に何かが変わる、そんな予感とともにフランスの閑かなクリスマスを体験したわけである。そして始まった一九九〇年代は、バブル経済が崩壊し失われた時代が始まる。

一九九〇年代は、バブル崩壊後の不景気ながらも「バブル気分」を引き摺った時代であるだろう。再び前掲書『愛と狂瀾のメリークリスマス』における、次の記述を引用しておこう。

破壊的蕩尽の時代から、ただの恋人の日になっていくとき、大きく関与したのは〝イルミネーション〟である。イルミネーションは見に行くだけなら無料である。バブル崩壊以降の安上がりのクリスマスイブを盛り上げていった。

（堀井憲一郎『愛と狂瀾のメリークリスマス　なぜ異教徒の祭典が日本化したか』講談社現代新書　二〇一七年　230頁）

ここでもまた、バブルの影を纏った「代行物」を登場させ、「西洋の容れ物」としてのクリスマスを虚飾して凌ごうとする作用が見受けられる。その虚飾を虚飾とも自覚しない意識が蔓延し、幻想の泡の時代が今なお続いているかのような錯覚が継続する。意識なき享受ということは、知らぬ間に混迷の時代をいつしか招くことになったのではないだろうか。人工物の「イルミネーション」、よく「幻想的だ」などとロマンチックを気取るものだが、あくまで「幻想」であり夢から醒めた後にも困ることのない「Patiently（＝辛抱強い・気長に）」が求められる。それこそが「待つ」という心である。

ここで桑田佳祐の「クリスマス観」を批評した資料に触れておこう。音楽評論家の中山康樹『クワタを聴け！』（集英社新書　二〇〇七年）を参照すると、一九九三年リリースのサザンオールスターズのシングル『クリスマス・ラブ（涙のあとには白い雪が降る）』という曲についての言及が興味深い。「サザンにとって初の純然たるクリスマスソング」であると位置づけながら、その「〝あからさま〟」「〝あざとい〟」点を指摘し、「すなわちクワタが狙ったのは、クリスマス・シーズンになると人工的に装飾されて不自然に盛り上げようとするクリスマスという名の宴会に皮肉を込めた、あるいはその〝作られたクリスマス〟そのものをサウンドで表現することだったのだろう。」と批評している。「メロディー・ラインに装飾的アレンジ」などの曲作りのあり方を根拠にした中山の視点は参考になる。本書では歌詞の表現のみに眼を向けることに徹しているのだが、「音楽」の総体的な要素が「主張」になることを考えさせられる。さらに『ニッポンのクリスマス騒ぎは恥ずかしい』ことという諷刺もしくは逆メッセージ・ソングともいえる。」と「いささか強引な解釈」と謙遜しながらも中山は述べている。本書の歌詞解釈と同様に、いずれも桑田佳祐の真意は計り知れないが、楽曲の享受者の個々の解釈による対話があってこそ、芸術の作品性を豊かにしていくことは間違いない。サザンオールスターズや桑田佳祐の楽曲には幅広くこのような社会的なメッセージが潜んでいることを、ファンとして深読みすることで短歌同様に耕された知的な土壌を創る必要性があるように思っている。そうした享受者としてのファンと社会の熟成の先に、桑田も敬慕するボブ・ディランの存在があるものと筆者は考えている。

「分裂家族」と「ゆがめる国」

「西暦二〇〇〇年問題」というのがあった。記憶に拠れば、パソコンソフト関係のデータの四桁が「19」から「20」に変わるにあたり、中には下二桁表示のデータを採用していたものがあり、その場合「99」が「00」にリセットするような作用を起こすことへの懸念が高まったのだ。旧来のデータが使えなくなるのみならず、既に様々な生活資源をパソコンデータに依存していた社会インフラにも、大きな影響が及ぶのではないかという危機感が、まことしやかに社会に拡がった。筆者は研究論文データが命の次に大切だったので、バックアップデータを複数用意するとともに、研究室でパソコンに詳しい人の助力を得て、パソコンＯＳへの対応処理を万全に期すよう努めた。そしてまさに二〇〇〇年の「あけましておめでとう」と同時にパソコン上で研究論文データが健全かどうか？　をまずは確かめた。このような年越しは、これまでにこの年しかない経験である。

かくして何事もなく西暦二〇〇〇年代が到来し、二十世紀最後の一年を経て二十一世紀がやって来た。例えば、一九六〇年代頃からすると二十一世紀はとてつもなく進化した未来であった。当時のＳＦなどに登場するロボット類などは、高度な人間に近い存在であった。しかし、これまで「クリスマス」を基軸にして時代相を見て来たように、一九八〇年代から一九九〇年代の二十年間における社会の動きには、負の財産も少なくなかったということだろう。社会はある意味で、非情な年代を迎えたといってよい。

少しずつ分裂家族となりゆきて今年の聖夜はイエスとふたり

（上田明『夕凪橋』二〇〇一年）

掲出歌は、二〇〇一年出版の上田明の歌集『夕凪橋』の一首である。八〇年代には「恋人と過ごすもの」という強迫観念のような圧が社会に蔓延していたが、この年には「分裂家族」という言葉とともにクリスマスが詠まれるようになった。バブル経済以降、テレビは「一部屋一台」となり、九〇年代になって携帯電話の普及率も次第に高まった。最初は「決して携帯など持たない主義だ」と豪語していた人から、携帯電話を使用した明るい声が届くようになった。「クリスマス」に偏って向けられていた精力は、多くの人々が携帯を持つことで、その目的や行動が個別化し社会の随所に「分裂」の傾向が表われ始めた。掲出歌は「ホームクリスマス」の経験がある創作主体が、忍び寄る「分裂家族」を実感するのが「今年の聖夜は」、そこではかろうじて「聖誕祭」という意味合いを取り戻し、「イエスとふたり」であることを意識した閑かなクリスマスを祝いつつ現状を憂える心情が読み取れる。

物あふれゆがめる国のクリスマス正しき心くばる者あれ

（富小路禎子『遠き茜』二〇〇二年）

この一首も二〇〇〇年代初期に出版の歌集・富小路禎子『遠き茜』の一首である。まさに本書で指摘して来たように、初句から「物あふれゆがめる国の」とこの国の「クリスマス」のあり方を指摘する。「ゆがめる国」というのは、まさに明治以降にこの国で置き去りにしている「西洋」との関係性の問題ではないか。「クリスマス」にはサンタがプレゼントを配るとされているが、その風習になぞらえて、「正しき心くばる者あれ」と求めている。子どもたちの「夢」であった時代もあったクリスマスやサンタクロースまでが、「物あふれゆがめる国」では虚飾の坩堝に落とし込まれていることへの批判が読める。「正しき心」とは何であろうか？社会現象がその国の未来を占うとさえ感じられる。

「二度と帰らない誰かを待ってる」――【桑田佳祐『白い恋人達』】

二〇〇一年十月、桑田佳祐がソロナンバーとして『白い恋人達』をリリース。同年十二月には「桑田佳祐 Xmas LIVE in 札幌」を開催している。その歌詞を読んでみよう。

『白い恋人達』

（作詞・作曲・編曲：桑田佳祐／弦&管編曲：島健　二〇〇一年）

夜に向かって雪が降り積もると
悲しみがそっと胸にこみあげる
涙で心の灯を消して
通り過ぎてゆく季節を見ていた

外はため息さえ凍りついて
冬枯れの街路樹に風が泣く
あの赤レンガの停車場で
二度と帰らない誰かを待ってる，Woo…

今宵　涙こらえて奏でる愛のSerenade《セレネイド》
今も忘れない恋の歌
雪よもう一度だけこのときめきをCelebrate《セレブレイト》
ひとり泣き濡れた夜にWhite Love

聖なる鐘の音が響く頃に
最果ての街並を夢に見る
天使が空から降りて来て
春が来る前に微笑みをくれた，Woo…

心折れないように負けないように Loneliness《ロンリネス》
白い恋人が待っている
だから夢と希望を胸に抱いて Foreverness《フォーエヴァーネス》
辛い毎日がやがて White Love

今宵　涙こらえて奏でる愛の Serenade《セレネイド》
今も忘れない恋の歌
せめてもう一度だけこの出発《たびだち》を Celebrate《セレブレイト》
ひとり泣き濡れた冬に White Love, Ah…
永遠《とわ》の White Love
My Love

ただ逢いたくて　もうせつなくて
恋しくて・・・涙

現在でも「クリスマスソング」の定番として、またサザンで有名な桑田佳祐の作品（サザンオールスターズの楽曲と桑田ソロの楽曲の区別を意識しない人も多い）としてよく知られている楽曲である。この歌詞のテーマは、まさに不可能な現実を「待つこと」である。前章で取り上げた八〇年代のクリスマスJ－popはいずれも、実現可能な「恋人を待つ」ことがテーマになっていた。しかし『白い恋人達』では、「二度と帰らない誰かを待ってる」という現実が示されている。本章で取り扱った『MERRY X'MAS IN SUMMER』（これも八〇年代制作の楽曲だが）がそうであったが、恋歌というのは恋が叶った最盛期を謡うものは少ない。本書で考えて来た『百人一首』の古典和歌も同様に、「恋歌は叶う前と破れた後」を詠うものである。中世の『徒然草』に記される「花（桜）も月も満開や満月だけを愛でるものか、いやそうではあるまい。」という主張のように、絶頂期全盛期だけを愛でるのは「心なき人（情趣を解さない人）」だとされている。古代から日本の和歌が表現し伝えて来たものは、「時のうつろひ」である。季節は巡り恋も流れゆくことこそが、この世の必然なのである。したがってこの止めることのできない時の「うつろひ」の中で、人は必然的に「待つこと」を求められる。

掲出歌詞も冒頭で「夜に向かって雪が降り積もる」光景の中、その雪の冷たさのように「悲しみがそっと胸にこみあげる」とある。かつて燃えていた「（恋の）心の灯」を「涙」で消しながら、まさにうつろふ「通り過ぎてゆく季節を見ていた」という悲しみの舞台設定がなされる。場面は北国なのだろう、恋に破れた辛さとともに「外はため息さえ凍りついて　冬枯れの街路樹に風が泣く」と極寒の光景として演出されていく。恋というものは簡単に忘れ去ることはできない、「あの赤レンガの停車場」という恰好な舞台を用意して、この歌詞の主体が「二度と帰らない誰かを待ってる」というのである。「二度と帰らない」ことはわかっていても、「今も忘れず」かつて愛を謡った「恋人を讃えて捧げる歌（Serenade）」を「今宵　涙こらえて奏でる」のである。せめて降りしきる「雪よもう一度だけこのときめき」を祝い讃えて（Celebrate）欲しい、「ひとり泣き濡れた夜」それは凍りついた恋のときめき「White Love」として胸の内に保存されているのである。

二番の歌詞では「聖なる鐘の音が響くころに」とクリスマス・イブに「最果ての街並みを夢に見る」と続く。それはたぶん恋の舞台であった北国、降りしきる雪を「天使が空から降りて来て」と見立て、「春が来る前に微笑みをくれた」と希望を見出す。「孤独・寂しさ」にも「心折れないように負けないように」と雪の純白さを「白い恋人が待っている」と見立てることで、「夢と希望を胸に抱いて」永遠を待つのである。恋に破れた悲しみからは、誰しも容易に解放されることはない。しかし「White Love」という素朴な愛を信じる気持ちは永遠でもあり、

「せめてもう一度だけこの出発《たびだち》を」讃え祝って欲しいと祈るのである。終末の「ただ逢いたくて　もうせつなくて　恋しくて・・・涙」の絶唱の叫びによって、ようやくこの悲しみから解放されるはずの「永遠」が見えて来るのだ。「孤独・寂しさ」に「折れないように負けないように」するためには、心の拠り所が必要になる。その寒さと凍えるような純白、一つ一つが独自の結晶となり凍ってはまた溶けこの世界の循環の中に身を置く「白い恋人達」(White Love)、恋もまた自然の摂理の中で出逢い別れをくり返す自然な営みなのだと考えさせられる。

ハロウィン狂瀾やがてクリぼっち

既に本章でも述べたが、前掲『白い恋人達』がリリースされた二〇〇一年以降、つまり二十一世紀のクリスマスは実に多様化した。やがてスマホ普及の時代が訪れ、個々人の娯楽はなお一層個別化・個室化していく。その反動か、二〇一〇年以降になると「ハロウィン」がなぜか(たぶんＴＤＬなどの影響も大きいと思われるが)急拡大する。バレンタインや恵方巻などでも同様の要素を思うところがあるが、様々な商品の販売促進戦略に洋の東西を問わない「容れ物」が利用されているわけである。保育園・幼稚園の年中行事にも過去にはなかった「ハロウィン」

がその本意を理解することなく取り込まれる。また健康ブームに根ざしたスポーツジムでも、ハロウィン時季のスタジオプログラムには無理に仮装してエクササイズに臨む人々が溢れる。さらには東京渋谷駅ハチ公前交差点の「熱狂」を超えた「狂瀾」は、逮捕者までを出す様相を見せて来た。クリスマスが凹めば、どこか他の「容れ物」を借りて「狂瀾」が凸と張り出す。しかし、そんな「狂瀾」の陰にはいつも陽の当たらない場所で息を潜めている人たちもいる。

クリスマスひとり祝わんローソンのローストチキン三百円で

（松木秀『色の濃い川』二〇一九年）

二〇一九年出版の松木秀の歌集『色の濃い川』の一首。掲出歌は「二〇一三年のうた」とされているが、この頃から「クリぼっち」という語がほぼ世間に定着するようになった。それはある意味で「クリスマスはひとりでもいいではないか」という個別化の容認を求める表現でもある。だがどこかに「八〇年代の恋人たちのクリスマス」への憧憬が拭えない自虐的な響きも覚える。この期に至りコンビニ商品の多様化の傾向もあり、「ローソンのローストチキン三百円で」というクリスマスに用意する料理が世相をよく表現している。ただ希望として「クリスマスひとり祝わん」と「祝う」（Celebrate）と表現しているところにクリスマスへ敬虔な「祈り」が垣間見える。筆者も学生短歌会の顧問をしているが、彼らの話を聞くと「クリぼっち歌会」なるものが開催されているらしい。短歌で繋がった彼らは決して「ぼっち」ではないと確信を覚えつつ、そんな話を聞いた。

かくして二〇二〇年春先より、世界各国は新型コロナウイルスの感染拡大に例外なく見舞われた。「人が集まらない」ことが唯一の感染防止策だと、専門家は口を揃えていう。「狂瀾」は明らかに過去のものとなり、むしろ「クリぼっち」こそが正当な過ごし方になった。個々の人間を分断しようとする、数百年に一度の次元の感染症に私たちは直面している。この現実に直面してもまた、明治以降に「この国」で行われてきた心性が炙り出されているような気がするのである。

第五章　短歌県みやざきに詠う

――「永遠を待つ」

住む場所は生きること

なぜ文学を研究しているのか？　なぜ和歌に発し短歌の魅力に憑りつかれているのか？　筆者は宮崎に移住してから特に、この命題を考え直す機会が多い。地方大学という新たな研究・教育環境、必然的にその使命として地域貢献が求められ、宮崎県の教育・文化への関わりが深くなった。そんな環境で「生きる＝活きる」には、いかなる立ち位置を取るべきか。一生に住む場所をどのくらい変えるかは人によって様々だろうが、「住む場所」そのものが「生きること」に大きく影響するのは間違いない。本書の発想を得て書く機会に恵まれたのも、「みやざき」という土地にいる多くの人々との出逢いがあってこそなのである。

その宮崎に移住したころ、よく土地の人に「なぜ宮崎なんかに来てしまったのですか？」という趣旨のことを言われた。たいていは東京生まれ東京育ちであることを、筆者が告げた際にである。「宮崎なんかに……」「来てしまった」という趣旨には、「宮崎より都会が良いに決まっている」という気持ちを垣間見ることができる。続けて多くの人が、「交通は不便だし、繁華街と言ってもね」といった生活条件を口にする。だが心の底から筆者は、不便でも大規模で華美で狂瀾な繁華街などが欲しいとも思ったことは一度もない。むしろ、こういう土地の人に「山や海の自然に心が和み、その恵みとして食材が豊かで、これ以上の素晴らしい土地などそうありません。」といった趣旨のことを言って応じるようにして来た。新幹線が通っていないことや、県内の公共交通機関の本数が少ないことは、決して負の要素に思ったことは一度もない。

宮崎には「てげてげ」という方言がある。例えば、警察の交通安全啓発の表示に「てげてげ運転禁止」といったものが見られる。「てげてげ＝いい加減に」といった意味で使用されている。また「てげっ美味い」などと「たいそう・ずいぶん・かなり」の意味での使用も目立つ。後者は下に続く言葉で趣旨は変わるが、前者の場合は明らかに「てげてげ」を否定的に使用しているわけである。これこそが前述したような土地の人の思いなのだと、腑に落ちた経験になった。だが果たして「てげてげ＝いい加減」は負の要素だけだろうか？「いい加減」は「良い加減」であり、「程よい程度」と正の意味に反転する。本書で批判的に論じて来た「狂瀾のクリスマス」からすれば、「てげてげクリスマス」こそが「良い加減で程よいクリスマス」となるはずだ。時間も空間も過密ではなく、都会的な群集心理・横並び主義にも左右されない。県民の平均通勤時間は日本一短く、その余白に海山の自然の趣味にも興じることができる。もちろん書物などで文学に向き合うにも、まさに「てげてげ＝良い加減」なのである。あらためて短歌という千三百年の歴史の上に身を置くには、「てげてげ」な環境であると実に好ましく思う。筆者が「短歌県づくり」に執心している所以である。

つながる縁

かくして公募採用による偶然で移住することになった宮崎であるが、前述するような愛着を持つに至る必然もあったと考えを深めるようになった。もとより宮崎を「短歌県」にという気運の根源が、近現代短歌に欠くべからざる存在である若山牧水の出身地であるからだ。既に牧水の短歌については本章までに幾度も触れて来たが、「住む土地」という意味で牧水と筆者の縁についてここでいささか触れておきたい。

牧水が妻・喜志子との縁を結ぶ契機となったのが、太田水穂という歌人の家を訪問したこととされている。その太田水穂という歌人の名を、筆者は小学生の頃から知っていた。それは筆者が「田端文士村（東京都北区）」の出身だからである。山手線の駅もある現在の東京都北区田端は、明治・大正・昭和初期頃まで、いわゆる「文士村」と呼ばれ多くの作家や芸術家が邸を構えた土地である。芥川龍之介が庭の樹木に登る写真は有名だが、あれも田端の自宅。菊池寛・室生犀星・萩原朔太郎など多数の文士が、東京大学（旧東京帝国大学）や東京芸術大学に近いことと、都内ながらのどかな田園風景があったことから好んで居住したわけである。筆者は小学校四年生頃から、自由研究で文士村の作家や詩歌人に興味を持った。背伸びして近藤富枝『田端文士村』（講談社　一九七五年）などを紐解き、読める限りその内容を理解しようとした。その書物の最初に明治大正時代の「田端村」の見開き地図が折り込まれていた。その地図上で筆者の自宅部分を赤鉛筆で印をつけたところ、一番近いところにあった「文士」の邸宅跡地が太田水穂邸であった。しかもその地は、筆者が産まれる際にお世話になった産院のすぐ前であった。既にいくつかの建物がその邸宅跡には立ち並び、元の位置を定めるのは困難であったが、どうやら太田水穂の居住地とは、筆者が産まれるときからの縁で繋がっていたのである。ただ、厳密にいうならば、若山牧水が妻とする喜志子と出逢ったのは、太田水穂が文京区小石川に邸を構えているときだったとされる。とはいえ、筆者が宮崎に移住する前の自宅は文京区大塚、これまた小石川にも近く、また牧水が妻・喜志子や子どもらと居を構えた大塚駅と巣鴨駅の間あたりにもほど近いところであった。たぶん、母校・早稲田大学をはじめとして牧水が歩いた同じ土地を、僕も何度も往来したことだろう。そんな不思議な縁が若山牧水と筆者の間にはある。

みやざきの縁・早稲田の縁

牧水の魅力に惚れ直したのみならず、宮崎であらためて短歌と出逢い直したのは、早稲田の縁があったからともいえる（もちろん牧水も早稲田出身であるが）。学部時代に学生研究班の代表幹事をしていた筆者は、四年生の夏合宿に教授であり歌人の佐佐木幸綱を呼ぶことになった。その際の宿が埼玉は秩父の山間部、西武秩父駅から車で小一時間はかかる自然豊かな宿であった。所用で遅れる幸綱を車で迎えに上がるのが、代表幹事の筆者に委ねられた役目であった。講義を受けてはいたが、一対一での会話にはかなり緊張が強いられた。しかし予想に反し、幸綱は気楽にあれこれと問い掛け、お陰で山道の運転を無難にこなすことができた。その際、「君は歌を詠むのかね?」という質問に、「読むばかりで歌は詠んでいません」と応えた。「どうしたら歌を詠むきっかけになりますか?」と質問すると、「そうだな～失恋でもすればいい」と豪快な口調で語った言葉が今も忘れられない。本書でここまで記した内容においても、短歌でも「クリスマスＪ－ｐｏｐ」でも「失恋」は格好の素材になっていた。「恋歌」が和歌短歌の根源的な存在理由だとすると、やはり「失恋」をした心こそが短歌を詠む契機になるのである。この際の幸綱とのご縁を、いまこのような書籍を形にすることで、少しは恩返しができることに、あらためて早稲田の縁のありがたさを感じないわけにはいかない。

その幸綱が「日本ほろ酔い学会日向大会」（二〇一五年六月）に来県すると聞き、これは千載一遇の好機と会場に足を運んだ。幸綱との再会とともに、そこで新たなる縁が待っていた。やはり早稲田出身の歌人・伊藤一彦である。伊藤は学部卒業後に故郷の宮崎へと帰り、県立高等学校で教鞭をとりながらも日本で指折りの歌人となった。文芸を志すには東京に在住して様々な繋がりを重んじるべき時代に、地方に在住することをむしろ強みに転じた手本ともすべきが伊藤一彦である。それ以前から拙著をお送りするなどの交流があり、「心の花宮崎歌会」への入会や「牧水研究会」での執筆・発表等々を通じて、大変にありがたい縁を結んで今に至る（実をいうと、筆者が宮崎に移住した二〇一三年の六月三日、日向市において中原中也や高森文夫らの詩人と若山牧水を関連させた講演会があり、歌人の福島泰樹も来県し講演及び絶叫短歌を披露した。その際に筆者は足を運び、その後に伊藤と相互に著書の送付などの交流をしている）。本書についても出版すべきと進言し、背中を押してくれたのも伊藤である。公募採用により仕事では大学に所属しているのだが、正直なところ天命としては伊藤一彦に出逢うために宮崎に移住したのではないかと思っている。

もう一方、宮崎で出逢い直したといえば、俵万智である。俵は大学学部での先輩にあたり、当時の共通の友人の方々で筆者が親しくして来た人も少なくない。もちろん学部当時は交流がなかったのだが、その後も筆者は俵の歌集については常に意識して読んでいた。二〇一三年九月、宮崎県木城町という山あいにある「木城えほんの郷」という施設に、当時はまだ沖縄県石垣島在住であった俵がトークに来ると知った。元来、この「えほんの郷」の自然と絵本を融合した活動には興味を持って何度かは訪れていた。トークを聞いた後に自然の多いコテージ近辺で俵と話せる機会を得た。「熱心に聞いてくださって、ありがとうございます。」先方からそんな風に切り出してくれたのを鮮明に覚えている。「実は……」その後は、本章でこれまでに記したようなことを簡潔にお伝えした。その後、俵自身が宮崎に移住し、この地を愛好する活動を展開した中で、「宮崎を日本一の短歌県にする」という力強い宣言が聞かれた。以降、「心の花宮崎歌会」「牧水短歌甲子園」「和歌文学会宮崎大会」をはじめ、諸々の機会に交流し大きな示唆と恩恵を受けているのである。筆者が宮崎に住む理由が、次第に明らかになり本書の出版に至るというわけである。

短歌県への歩み

何をもって「短歌県」と呼べるだろうか？　ここ数年、県庁の担当者との対話をくり返している。まずは県がその政策の一部に「短歌（文学）」を据えていることは、欠くべからざる条件である。その根底に「若山牧水」の存在があり、その牧水研究の第一人者として歌人として名高い伊藤一彦の営為が、「短歌県」への土壌に礎石を築いてきたことを実感する。伊藤の発案により開始された高校生を対象にした「牧水短歌甲子園」（宮崎県日向市主催）は、二〇二〇年で第十回を数えるに至った。この「フィールド」を巣立った選手たちは、その後も大学短歌会等で活躍の場を拡げている。高校文芸部・大学短歌会・短歌結社などが親密に連携していくことが、短歌県の裾野を拡げることになるはずだ。地方の活性化を考える時に、若者の参加と動きを活発化することは欠かせない。

また一方で高齢者の短歌による表現の場を提供することも大切である。こちらも毎年のように高齢者（要介護者）や介護者の方々を対象とした公募短歌が実施され、それをまとめた歌集『老いて歌おう』（鉱脈社）が年次ごとに出版されている。筆者も毎年のように授賞式には足を運び、壇上で受賞者の短歌へのコメンテーターを務めたこともある。米寿・白寿といった高齢の方々が、介護を必要としながらも堂々と短歌の表現に羽ばたいている姿は、誠に清々しいものがある。超高齢化社会を迎えるこの国で、短歌こそがその心の発露ではないかとさえ思う。そしてこの授賞式には、県知事・河野俊嗣が必ず出席し挨拶のみならず短歌へのコメント対談にも参加する。建前ばかりが先行するのが政治であるが、高齢者の短歌の心に県知事が自身の心を寄せ言葉を発する県が、果たして他にあるだろうか？

この二つの活動はもちろん一日にしてならず、いずれも伊藤一彦の地道な尽力で成り立ってきた活動である。小さな動きでも、まずは始める。そこに賛同者が集まり次第に渦が大きくなる。二〇一六年に俵万智が移住したことで、地元紙『宮崎日日新聞』への連載「海のあお通信」や毎年開催される「俵万智短歌賞」が、全国的に注目される大きなうねりとして加わった感がある。そこにまた「さざ波」でよい、本書が少しでも貢献できるなら、という思いでいまこの文章に向き合っている。今後の県庁担当者との「真の短歌県にするにはなにが必要か？」という課題に、学生らとともに真摯に向き合っている現在である。

宮崎でこそ「待つこと」ができる

宮崎に移住して心が安らぐ経験を、筆者はいくつも重ねている。移住直後に自動車を運転していた時のことだ。信号機のない横断歩道にランドセルを背負い下校途中の小学生が道を渡ろうと待っていた。道路交通法上では、当然ながら自動車側が止まる義務がある。だがそんな法律が頭をよぎるまでもなく、自然に筆者は車を止めて小学生は横断歩道を渡った。やや衝撃ともいえるのはその直後のこと、横断歩道を渡り切った小学生は歩道でこちらを振り返り、「ありがとうございました」と声を出して深々と礼をしたのである。たぶん東京で筆者が同じ状況に遭遇したら、心の内で「早く渡れよ」などと悪態をついたかもしれない。しかし、宮崎で筆者は自然に「待つこと」に大きな喜びを覚えた瞬間であった。「待つこと」にこれほどの爽快感を覚えたのはいつ以来であろうか？　会釈のみならず、振り返ってお礼を口にする、その間、小学生も家路へと歩くのをひととき「待つこと」になる。自動車が「待つこと」に対して自らも「待つこと」を態度で示し感謝の気持ちを伝えようとする。塾通いその他に染められた都会の小学生にはない「生き方」があるのだと、筆者はひとりの小学生から大きな学びを得た。宮崎は「待つこと」のできる土地であると。

「胸の痛みを思って待とう」俵万智

前述したような「待つこと」を喜べる経験というのが、社会全体の中ではいつしか稀少になってしまった。「待たされる」ことに苛立ち、我先にと優先順位を争い、なるべく「待たない」ように躍起になる。「待てない」ことが理由の他愛もない諍いなども、街中でよく見かける社会である。しかし、本書でこれまでも随所で記してきたように、「待つこと」には愉悦が伴う。言い換えるならば、「待つこと」なくしては真の愉しみも悦びにも出逢えないのではないだろうか。ここからは、前述した「短歌県みやざき」在住歌人の「待つこと」をテーマにした短歌を読んでみよう。

今我を待たせてしまっている君の胸の痛みを思って待とう

（俵万智『サラダ記念日』一九八七年）

俵万智のデビュー作『サラダ記念日』の一首。恋人に「待たされ」ている身の「我」が、その恋人側の心に寄り添う心情が、ことばの響きの停滞感や重層感を伴いつつストレートに伝わる一首である。「待たせて／しまって／いる／君の」のフレーズは、斜線を入れた部分で立ち止まるようでもあり、恋人の罪悪感を醸し出すかのような韻律を刻む。五七五七七という形式で計ると、「しまって」と「いる」は二句目と三句目を跨っており、「しまっている」と本来は続くはずのことばを割ることで効果的な表現になっている（短歌上の用語で「句割れ句跨り」と呼ぶ）。恋人は愛する「我」に対して深い罪悪感を覚えつつ、待ち合わせ場所に向かっている様子が想像できる。その上の句を「君の」の「の」で軽やかに接続しつつ、「胸の痛み」ということばで受ける。「我」は恋人の心を深く想像し、たぶん「胸の痛み」を伴いながら急いでいるだろうと恋人の心に寄り添う。そして「待たされている」立場の「我」でありながら、「胸の痛みを思って待とう」と決して苛立つこともなく、あくまで静かに恋人の到来を待つ心が読めるのである。掲出歌を読むと「待つ」――「待たされる」関係で、その恋人同士の信頼関係の深さが計れるような気がする。人によっては「君の胸の痛み」に信頼が置けるのだろうか？　と疑問視する向きもあるだろう。だが、日常からのお互いが心を見つめ合っているかどうかを、信頼と呼ぶのではないのか。「胸の痛みを思って」のその結果、これまで以上の信頼が築かれ、恋人が来た瞬間に自らが信頼をしていたことに、この上もない愉悦を覚えるだろう。やはり「待つこと」の果てにこそ、愉《たの》しみと悦《よろこ》びがあるのだ。

伊藤一彦歌集『待ち時間』――「永遠を待つ」みやざきの心

「みやざきの心」を一番詠ってきた歌人は、紛れもなく伊藤一彦である。大学進学のために東京へと赴き、哲学を学び友人である福島泰樹との出逢いによって短歌を始める。卒業後に宮崎へ帰り、高等学校へ勤務しつつ誠実かつ着実に歌人としての名を高めていく。豊かな自然の中に身を置き、授業や学校カウンセラーとして思春期の高校生に生身で向き合い、家族を愛し、牧水を敬愛し、出逢う人々を大切にする。このような拙文では決して語れるはずもない人間味豊かな生き方をして、その繊細な視線と身体で捉えた素材に「みやざきの心」を見出し詠って来た歌人である。「みやざき」とひらがな書きをすると、単に行政区分や地理的条件での「宮崎」ではなく、まさにこの土地の「心」を帯びた哲学的なものと考えるとよい。その眼に見えない「みやざき」はどんな性質のものなのか？　という問いは、伊藤一彦の短歌を読めば次第に分かってくるのである。本書で述べる「待つこと」というテーマに即し本項では、伊藤一彦の第十二歌集『待ち時間』（青磁社　二〇一二年）から何首かの短歌を取り上げ、「みやざき」が「待つこと」のできる土地である卓越性について述べてみたいと思う。

人は誰しも「何を待って」生きているのか？　公平かつ例外なく言えるのが「死を待つ」ということであろう。中世鎌倉時代『方丈記』や『徒然草』で「諸行無常」が唱えられたように、人の世の語り尽くせない大きなテーマである。こんな点を考えさせられる次の一首から。

一日一生言ひかへるなら一日一死こよひよく死なむ温き布団に

（伊藤一彦『待ち時間』二〇一二年）

「一生」がどれほどの長さなのかは、誰しもわからない。しかし「一日」だったら誰しもがその終わりを知っている。あなたの「一日」が「一生」だとしたら、「今何時？」ということになるだろうか。掲出歌は、「一日一生」を言い換えると「一日一死」だと潔く宣言する。このような心持ちになるだけで、「今」がいかに貴重な時間であるかが明らかになる。同時に「今日一日」の「自己」は、それを終えたら「死」を迎える。性格も話し方も、楽しみも悲しみも、期待も失望も、愉悦も苦悩も、「一日」が終われば「死」してしまう。「睡眠」はそれほどに哲学的で生理的にも大切な営みなのだろう。「こよひよく死なむ」（今宵は上手いこと死のう）とは、なかなか通常では考え難い感覚かもしれない。しかし我々は誰もが知っている、「温き布団に」というこの上もない愉悦の時を。その素朴な快楽こそが、人として生きる悦びにも連なる。みやざきの「こよひ（今宵）」はまた、極上の閑かさがある。

万葉人いかに歩みし　キャンパスの黐《もち》の木の道に速度落しぬ

（伊藤一彦『待ち時間』二〇一二年）

「一日一死」となれば、急がねばならないか？　いや、「みやざき」ではそう考えなくともよいようだ。人は日々の「歩み」にも、人生を載せている。伊藤は高等学校教員を退任後に県立看護大学で教鞭を執る。そのキャンパスに取材した一首。初句から一字空き前に置かれる「万葉人いかに歩みし」という想念が、日常の歩みの中で脳裏をかすめる。キャンパスには「黐《もち》の木の道」が連なるが、古代人も樹木に誘われつつ「いかに歩みし」であったか。自ずと歩みの「速度落しぬ」（速度を落とした）という境地に至る。我々は、いかにも忙しい時代を生きているのではないか。日々の歩みに追われて、悠久の時間に思いを馳せることもない。しかし「黐の木」のある「みやざき」県立看護大学のキャンパスは、伊藤にとって穏やかな歩みができる場所なのであった。

「人の歩み」という意味では、前掲歌と対照的に「東京」に取材した一首。

人追ひて歩く東京おのづから脚速くなりたましひも跳ぶ

(伊藤一彦『待ち時間』二〇二二年)

「人追ひて歩く東京」初句から端的に「東京」での人々の「歩く」を描写する。二〇二〇年からの新型コロナ感染拡大に伴い、首都圏・関西圏の都市での感染拡大が問題視されたが、その際のニュース映像などを観ると、渋谷のスクランブル交差点や道頓堀などでも「人追ひて歩く」そのものの情景がくり返し映し出された。街中も駅構内も過密で、まさに人が人を「追ひて歩く」のが的確な描写であることがわかる。「おのづから」は「自然と」の意味で「自然と脚が速くなり」と無自覚に都市の環境が「脚速く」を人々に強要しているかに読める。すると「たましひ(魂)も跳ぶ」のだと続き「脚速く」歩く身体のみならず、根本的な存在価値が

「跳ぶ」と詠う結句の意味は重い。四字熟語に「跳梁跋扈《ちょうりょうばっこ》」があるように「跳ぶ」は「思うままにのさばり、勝手な振る舞いをすること。」(『日本国語大辞典第二版』)といった趣旨を醸し出すように読める。「地に脚がつかない」もはや制御の効かない「魂の乱舞」が「東京」であるという伊藤の予見は、新型コロナ感染拡大であからさまに可視化されたといえそうである。

「感染拡大」といえば新型コロナに先立つこと十年、宮崎は二〇一〇年に家畜を中心とする「口蹄疫」の感染拡大に遭遇した。伊藤の同歌集にもその惨状を詠った連作(「いのち―口蹄疫風聞書」)が収められている(全三十四首より十二首を抄出)。

宮崎県が牛三頭に口蹄疫感染の疑ひを四月二十日に発表。

牧場が戦場となる現実を挨拶として一日《ひとひ》始まる

ウイルスの変異といふは自らが生きのびるためウイルスの立場では

デマがしきりに流れた。

「一例目どこか」「一例目の農場主は逃亡した」「いや自殺したらしい」

発生地十キロ圏内で国内初のワクチン接種が五月二十二日始まる。

みづからが出産させし牛の仔にワクチンを打つ獣医師の苦

息絶えし母牛の腹の中にゐる赤ちやんしばし動きて已みぬ

咎なくて処分を受くる一頭一頭を写真に撮れる飼主の男

親と子は同じリボンを付け置きて一緒に埋むるを頼むもゐたり

殺さるる運命《さだめ》しづかに受け入るると牛を聖のごとくに言ふな

いつもの会場を変更。

集会は中止、外出は控へよといふ「非常事態」の中の歌会全国高校野球選手権宮崎大会。

「殺」の字のをどる新聞　県予選の無観客試合報じてゐたり

殺処分二十八万九千頭のうち健康な家畜が四割以上だつた。

地区内の全頭殺処分本当にやむを得ざりしか　十二万六千頭

こと過ぎてすべてを分りゐしごとき論評をせり痛み知らぬは

（伊藤一彦『待ち時間』二〇一二年）

もはや説明は不要であろう。詞書（短歌の前に添えられた状況を説明する短文）を巧みに使用し、当時の宮崎県内のリアルな惨状の描写に思わず震撼が走る。だがあらためて二〇二〇年以後に読んでみると、感染症の拡大という意味で「新型コロナ」による社会状況の変化と類似した事態があったことを考えさせられる。二首目は「ウイルス変異」の真相を明白に指摘し、三首目は「感染者（飼主）への誹謗中傷」を克明に伝える。四首目は「獣医師の苦悩」、六首目・七首目は「飼主の悲痛」、八首目の「殺さるる運命」の「聖（戦）」のような見方への強烈な批判。

そして、九首目「集会は中止」となり、十首目では「無観客試合」という用語も見える。十一首目、行政的に対策として採られた「全頭処分」への疑問、等々を見直すと、二〇二〇年以後の「新型コロナ感染拡大」に向けての予兆を、宮崎は体験していたようにさえ感じられる。最後の十二首目、悲惨な事態が「こと過ぎて」後、その惨状の実態を経験もしていない輩が「すべてを分りゐしごとき論評をせり」ことへ「痛みを知らぬは」（君たちは実態の痛みも知らず分かったような論評をするな）と鋭く批判する。この「論評」の発信地を考えるに、「県外」というのが当て嵌まるのではないかと読めて来る。二〇二〇年「新型コロナ」によって「県内県外」の往来が制限される状況が生じた。いずれも相互の実態の状況への想像力こそが大切である。「県外者」「地域外」の者への不当な誹謗中傷、さらに惨状の現場に立たされている人は、どんなにか苦悩と悲痛に向き合っているのか。そんな相手の立場で物事を考えるという、人間関係やことばを発する基本を伊藤の短歌は鮮烈に伝えている。果たして二〇一〇年に宮崎が経験した悲痛は、政治や社会の上で二〇二〇年以降に活かされたのだろうか。二〇二一年正月になってすぐ、急速な「新型コロナ」の感染拡大に見舞われた宮崎県であったが、早急な県独自の「緊急事態宣言」発出により約一か月間で、大幅に感染者を減らすことに成功した。伊藤の短歌による予見が、少しでも県民の心にあったはずなどと「短歌県」としての社会的役割などを考えている。

「宮崎にはゆたかな自然がある」など簡単に口には出せるが、どのような意識で「みやざき」の素晴らしさを享受するかは、やはり伊藤一彦の短歌に学ぶところは多い。

月仰ぎながら飲みたりけもののいのちしみこめる霧島の水

（伊藤一彦『待ち時間』二〇一二年）

伊藤一彦という歌人にとって、「月」は欠かせないテーマとなっている。これまでの歌集名を眺めても、『月語抄』（第二歌集）『新月の蜜』（第九歌集）『月の夜声』（第十一歌集）と三度も使用されている。「ひむか（日向）」を旧国名とする「みやざき」、現在でも「日本のひなた」というのが県のキャッチフレーズとなっている。日本全国で快晴率は首位、「太陽のタマゴ」（県産果物マンゴーのブランド名）など、太陽への志向が一般的である。しかし、その志向は中央（都会）を意識した際には、強がりのようにも映らないではない。「ひなた」への志向は、実は「つきかげ」への志向と表裏一体と考えておくべきかもしれない。伊藤が大学卒業後の若き日より生まれ故郷の宮崎に帰り、県内各地域の高校でその土地その土地の生徒らや風土と出逢ったことによって、「月」を志向する境地が得られたともいえるだろう。決して東京での学びを傲りとすることなく、自らの内省を深めた歌人としての丁寧な生き方が、こうしたテーマ性となって短歌に表現されたと考えたい。掲出歌も「月仰ぎながら飲みたり」と、飲物を口にし月を仰いでいる創作主体の姿が見える。その飲物とは「けものらのいのちしみこめる霧島の水」だというのだ。用字の上でひらがな書きを敢えて多用し、今同じく月に照らされている霧島山中の「けものらのいのち」にも思いを馳せる。その「霧島の水」＝「霧島を水源とするみやざきの水」を飲むことで、創作主体は「みやざきの自然」との一体化を志向する。天の月を極点にしつつ、「霧島」と「創作主体が霧島の水を飲む場所」との三角形が成立する。「みやざきの水」は単なる水にあらず、「けものらのいのちしみこめる」という思いはなかなか持てるものではない。「ゆたかな自然」と讃えるからには、このように月という宇宙を含めた自然の総体と、親和的に同化することで初めてその意味が理解される。

遥かよりわれに近づき落ちきたる雨の粒らは永遠を知る

（伊藤一彦『待ち時間』二〇一二年）

前掲歌に続き「みやざき」の豊かな自然を、時空を超えて同化しようとする歌をもう一首読んでおきたい。「自然」というものを考えると、人はそれが「永遠」なのではないのかと思い込んでいる。だが果たして何がどこまで「自然」であって、「永遠」なものは果たしてこの宇宙にさえ存在するのだろうかと思い直すことも大切だ。地球温暖化による気候変動の影響は、二〇一〇年代になって（伊藤の当該歌集の出版以後といってもよい）急速に我々の身近な生活を急襲することが現実のものとなった。本来なら人間が生きるために不可欠な「水」＝「雨」が、その人間に襲い掛かっているのはなぜだろう。二〇二〇年前後にはこのような考えを持つが、伊藤はかねてから「雨の粒ら」と対話をしてきていることが掲出歌から読める。「雨」ではなく「雨の粒ら」、大ざっぱに「雨」として総体的に負の面しか捉えないのが常人だが、個々の「雨の粒ら」と複数形で表現することで一粒ひと粒と対話しようとする繊細な思いが伝わってくる。その幾億万・幾億兆かも計り知れない「雨の粒ら」が自然と人間をつなぐもの、「遥かよりわれに近づき落ちきたる」にはそんな自然への畏敬とともに信頼が表現され、親近感をもって大切にすべきものであることを考えさせられる。ひとつの「雨の粒」は大空のみならず、土も川も海もあらゆる「自然」と融和することをくり返して、「われに近づき落ちきたる」のである。その多様な自然とつながる「雨の粒ら」からこそ「永遠を知る」のだ、と結句の着地にはっとさせられる。「永遠」は人の観念の中ではなく、繊細に「雨の粒ら」と対話することで理解できるものだ。「みやざき」でこそ、このように自然と融和した生き方を繊細に実践し短歌に表現したのが、伊藤一彦という歌人である。

本章の最後に、伊藤一彦の第十二歌集『待ち時間』の歌集名となった一首を評し締め括りとしたい。

待ち時間長きもよけれ日の出待ち月の出を待ち永遠を待つ

（伊藤一彦『待ち時間』二〇一二年）

同歌集「後記」には「六十代も終わりに近づいたゆえの感慨を含んでいる歌だろうと改めて引きながら自作について思う。『待ち時間』を大切にゆっくり生きていこうか。」とある。本書ではこれまで、「忘れられた待つこと（第一章）」や『身もこがれつつ』―『百人一首』の待つ恋（第二章）」「「クリスマスだからじゃない」―一九八〇年代と恋人たちのクリスマス（第三章）」などを考えて来た。しかし、これほどに「待つこと」を肯定的に捉えた歌は、あまり多くはあるまい。現代社会が「待ち時間」を僅かでも無くすことに躍起になっていることを見定めつつ、

「待ち時間長きもよけれ」と潔く明言する。自然が時を刻む中で人が生きるということそのものが「待ち時間」なのだと気づく。現代生活で日々を過ごしていれば、「日の出待ち月の出を待ち」もいつしか忘れている。反転すれば自然・天象の「待ち時間」に人間はこぞこそと自らの欲望を満たそうとする。「待ち時間」であることさえも忘れた現代人は、様々な技術の進化のみにあらぬ全能感を抱いたりもする。都会では特に、そんな傲りばかりがひとり歩きをしている。その傲りはやがて、「永遠」に裏切られる結果となることなど考えもせずに。人として生きていれば、もし叶うなら「永遠を待つ」身でありたい。この伊藤の一首を「国文祭・芸文祭みやざき２０２０プレイベント」（まちなか文化堂）出前講義で紹介し語ったとさ、喩えようもない鮮烈な感情が身体の中で動き出し、無意識に涙が湧いてきてしまった。まだ完全にわかってはいないが、「永遠を待つ」ことの入口に立ったという緊迫感が作用したのかもしれない。「待ち時間を大切にゆっくり生きる」という伊藤が「みやざき」で長年かけて得られた自然と融和の極致でもある。産まれた瞬間から「待つこと」から逃れられない人間が、「永遠を待つ」とまでいえるには、並大抵ではない人生の荒波を超えることが必要なのかもしれない。

「永遠を待つ」とはどういうことか？

最終章で本書なりの見方を試みるつもりであるが……。

最終章　「さよならは永遠の旅」

――待つことの愉悦

「なにゆゑに旅に出づるや」牧水の問い

最終章にあたり、再び若山牧水の歌から「永遠」について考えてみようと思う。牧水は今でこそ近現代短歌史に欠くべからざる存在との評価が高いが、過去には偏った人物的な側面だけに焦点を当て悪評を語られてしまうこともあった。故郷を捨て東京に赴き恋に狂い酒浸りとなり、結婚後も妻子を顧みずに旅ばかりしているなどと。しかし、生活上の様々な苦悩を自然な短歌の韻律に載せ、素直で素朴なわかりやすい表現を展開し新たな短歌の道筋を照らしたともいえる偉大な功績を遺した。その若山牧水の短歌の中には、人が生きる上での根源的な問題が率直に表現されたものがある。

なにゆゑに旅に出づるや、なにゆゑに旅に出づるや、何故に旅に

（若山牧水『死か藝術か』一九一二年）

「なにゆゑに」を二度、さらに「何故に」と用字を変えてくり返す、もだえ苦しむような自

己への問い掛け。読点を二度打っているあたりが、余計に苦悶をしている心の機微が表現されているともいえるが、「五七五七七」の形式をほとんど逸脱することはない。叶わぬ恋に身をやつした五年の日々に終わりが訪れ、妻となる太田喜志子と出逢ったのが当該歌集出版前年のこと。出版前の七月には「故郷の父危篤」の電報を受け取り帰郷。その後は故郷に留まるか東京に再び出るかという人生の大きな岐路を迎えていた牧水であった。「旅に出づるや」という自問自答には、現代において考える以上の「旅」というものの大きな意味合いを考えさせられる。生まれ故郷を離れることそのものが「旅」ではあるが、地理的物理的のみならず恋する相手との関係に彷徨い歩くのも旅であり、自らの生業を見つめるのも旅である。前章の終末で述べたように、人は「永遠を待つ」かのように生きている。誰しもが人生という「永遠の旅」を歩んでいるのである。

「かなしみどもにうち追はれつつ」牧水の孤独

それではなぜ人は「永遠の旅」を歩むのだろうか？　その背中を押すものは何ものなのか？若き日には漠然とした問いに悩むものだが、年代を問わず普遍的な人の運命《さだめ》といえるかもしれない。牧水が早稲田大学を卒業した直後、二十四歳の若さで出版した第一歌集『海の聲』の巻頭には次のような歌が据えられている。

　　われ歌をうたへりけふも故わかぬかなしみどもにうち追はれつつ

（若山牧水『海の聲』一九〇八年）

「われ歌をうたへり」＝「私が短歌を詠っている」ということは、「けふも故わかぬかなしみどもにうち追はれつつ」＝「今日もまた理由のわからないかなしみどもに追われ追われしている」からである、という述懐である。「故わかぬかなしみども」とは、第一章でも述べた「人間の孤独な運命」ということに他ならないだろう。ひとりで生まれ独りで死に行く運命は、誰がどのようにしたって避けることはできない。だからこそ人生においては、親は愛情をかけて子どもを育て、子は親を愛することを考え抜く。次第に親から独り立ちすると愛する人と時間空間を共有したくなる。これが「恋」というものだ。しかし、時に親の愛情が真っ直ぐに注がれないこともある、そして恋する相手との関係も安定して成就するわけではなく、たとえ成就したとしてもお互いの気持ちがいつも通じ合うとは限らない。親子の愛情も、恋する人との愛情も、いずれも「待つこと」が自ずと求められるのである。その「待つこと」の間には、「故わかぬかなしみども」が心を覆い尽くすことがある。その不可解で出口のないような問いに向き合い、人は何かを言わずにはいられなくなる。牧水の場合は、それが短歌なのであった。もちろん人によって「短歌」は、「音楽」にも「絵画」にも「運動競技」にも置き換えられるだろう。何かを表現する根源に「待つこと」に根ざした「故わかぬかなしみども」があるのだ。

「さよならは永遠の旅」――【桑田佳祐『JOURNEY』】

本書の結びを飾る桑田佳祐の曲は、『JOURNEY』、そこに「なにゆゑに旅に出づるや」や「故わかぬかなしみどもにうち追はれつつ」という若き牧水が抱いた苦悩との類似を見るからである。

『JOURNEY』

（作詞・作曲：桑田佳祐／編曲：桑田佳祐&小倉博和　一九九四年）

我《わ》れ行く処《え》に　あては無く
人も岐《わか》れゆく　遥かな道
旅立つ身を送る時
帰り来る駅はなぜに見えない

大空を駆け抜けたまぼろしは
世の中を憂うように
何かを語るだろう

とうに忘れた幼き夢はどうなってもいい
あの人に守られて過ごした時代さ
遠い過去だと涙の跡がそう言っている
またひとつ夜が明けて
嗚呼　何処《いずこ》へと“Good-bye Journey”

雲行く間に　季節《とき》は過ぎ
いつか芽ばえしは　生命《いのち》の影
母なる陽が沈む時
花を染めたのは雨の色かな

寂しくて口ずさむ歌がある
名も知らぬ歌だけど
希望に胸が鳴る

きっと誰かを愛した人はもう知っている
優しさに泣けるのはふとした未来さ
今日もせつなく秋の日差しが遠のいてゆく
さよならは永遠《とわ》の旅
嗚呼　黄昏《たそがれ》の“Good-bye Journey”

とうに忘れた幼き夢はどうなってもいい
あの人に守られて過ごした時代さ
遠い過去だと涙の跡がそう言っている
またひとつ夜が明けて
嗚呼　何処《いずこ》へと "Good-bye Journey"

（ＪＡＳＲＡＣ 出 2105255−101）

一九九四年リリースの桑田佳祐ソロアルバム『孤独の太陽』の終末を飾る一曲、アルバム名からして象徴的で、自然の恵みの根源ともいえる太陽を「孤独」と形容している。アルバム名と同じ『孤独の太陽』という楽曲も含み、『しゃアない節』『飛べないモスキート（MOSQUITO）』『僕のお父さん』など、想像力も旺盛でありながらリアリティのある楽曲が並んでいる隠れた名盤ともいえよう。収録曲の中でも『真夜中のダンディー』と『月』はシングル発売されて有名であるが、いずれも生きることの悲哀を掘り下げそれぞれの曲調と相俟って、詩的抒情味を湛えている。他にも取り上げたい曲は多いが、本書では『JOURNEY』に集中して語りを結んでいきたい。

具体的な場面が語られるのではなく「人生は旅」を思わせる歌詞、それだけに普遍的な様々な人と人との関係性の上で歌詞を解釈できる可能性がある。人は「何処《いずこ》」に向かって生きているのだろう？「我れ行く処《え》に　あては無く　人も岐れゆく　遥かな道」は人生そのものである。人生の旅には「帰り来る駅はなぜに見えない」ものである。故郷・実家・母校を旅立つ身には、いつも帰る処が保証されることなどない。生きていれば「大空を駆け抜けたまぼろし」を見るようなことも多く、「世の中を憂うように　何かを語るだろう」と悲哀や悔恨を語らずにはいられないものだ。「とうに忘れた幼き夢はどうなってもいい」とあるが、それは「あの人に守られて過ごした時代さ」と幼い頃の独り立ちしない時分の夢への諦めが語られる。しかし、幼き夢は「遠い過去だと涙の跡がそう言っている」といつまでも哀惜とともに自らのどこかに纏わりつく記憶である。その哀惜を抱えながら「またひとつ夜が明けて　嗚呼　何処《いずこ》へと“Good-bye Journey”」とするのが人生の歩みそのものである。

「雲行く間に　季節《とき》は過ぎ　いつか芽ばえしは　生命《いのち》の影」、人は時間を可視化できないが、流れる雲を見ることはできる。いつしか「季節は過ぎ」その間にも「生命の影」が「芽ばえ」るものである。一日の中でも「母なる陽が沈む時」は必ず訪れ、華麗な「花を染めたのは」大空から降り注ぐ「雨の色」なのである。そして「寂しくて口ずさむ歌がある　名も知らぬ歌だけど　希望に胸が鳴る」の一節には、前述した若山牧水の「われ歌をうたへりけふも故わかぬかなしみどもにうち追はれつつ」にも通ずるものを読むことができる。「寂しくて口ずさむ歌」は「希望」となるのだ。「きっと誰かを愛した人はもう知っている　優しさに泣けるのはふとした未来さ」、誰しもが愛する人に守られ、その「優しさ」を知って泣けるのはその人のいる時ではなく「ふとした未来」なのである。親の擁護も恋する人の愛情も、その時にはなかなか素直に受け入れられないことがある。人生も季節もいつしか「今日もせつなく秋の日差しが遠のいてゆく」黄昏を迎える。哀惜をともないながら、親とも愛する人とも岐れる時が訪れてしまう。「さよならは永遠《とわ》の旅　嗚呼　黄昏の "Good-bye Journey"」と歌詞は締め括られるが、人は常に「さよなら」の「永遠の旅」を続けている。ただ日常ではそれに気づかないでいるだけだ。今日もまた我々の「JOURNEY」が永遠につづく。

「あくがれて行く」牧水の旅

あらためて「人生は旅」、牧水の「なにゆゑに旅に出づるや」の声が聞こえる。いやが上にも流れゆく日々の時間、江戸時代の俳人・松尾芭蕉が『おくのほそ道』冒頭で語ったように、「月日は永遠の旅人であり、行き交う年もまた旅人である。（月日は百代の過客にして、行きかふ年もまた旅人なり。)」なのである。かくしてなぜこれほどに「人生は旅」だと、詩歌に語られるのだろう。簡単に答えがいえるような命題ではないが、敢えていうならば「人生が有限」であるからだ。「ひとりの命は地球よりも重い」というが、その個々の命は有限である運命《さだめ》をどうしようもなく抱え込んでいる。もちろん「地球の命」も、我々が知らないだけで「有限」なのだろう。極端な物言いをするならば、我々の目にするものはすべて「命」がありどうしようもなく「有限」の宿命を背負っている。だからこそ、である、この命ある限り「時の流れの旅人」に身を委ねつつも、自らの命を活かすための何事かに出逢うことを忘れてはなるまい。「明日には旅立とう」では遅い、「今日」いま此処において常に人生の旅立ちがあるのだ。

けふもまたこころの鉦《かね》をうち鳴《な》らしうち鳴しつつあくがれて行く

(若山牧水『海の聲』一九〇八年)

掲出歌は牧水の著名な一首、みやざきでは伊藤一彦が、この歌の結句「あくがれ」を出典として命名した焼酎もある。伊藤に拠れば「あくがれ」こそが、牧水短歌の根源的なこころであるという。我々は止めることのできない永遠の旅人のような時間の流れの中で、「けふ」を迎える。ゆえに「けふもまたこころの鉦を」とその心に響いているものの「意味」を見つめる。「鉦」は、お遍路さんなどが手に持ち鳴らしながら行脚する類のものを想像するとよいだろう。「けふ」において、あなたの「こころの鉦」は、どんな響きであろうか。その「鉦」を「うち鳴しうち鳴しつつ」とくり返す自問自答、そして他者との対話をくり返す。川の流れのように、同じ場所に留まっていては淀み濁るばかり。「あくがれて行く」の「あくがれ」は、「在処（あく）＝今いるところ」＋「離《か》れ（がれ）＝離れゆく」という語源であるといわれる。淀み停滞し固着すれば、人の命は活き活きとした輝きを持てない。「断捨離（身の回りの整理をして不要なものは断じて捨てて自らの身から離す）」の重要性が現代社会で提案されるのも、根本には類似した発想があるのかもしれない。前項で述べた桑田佳祐『JOURNEY』の冒頭の歌詞「我れ行く処《え》に　あてはなく　人も岐《わか》れゆく　遥かな道」においては「処」の用字などにも類同性が見出せ、「さよならは永遠《とわ》の旅」というのは、「あくがれ」の志向そのものともいえるだろう。牧水は四十三年という短い生涯において、常に「あくがれ―永遠の旅」を続けた。そこで出逢うあらゆるものを短歌に詠《うた》うことを追究し続けた人生ゆえに、我々は牧水の心から多くを学ぶことができる。「生かされている」命をどう「活かす」か？　命は長短にあらず、「けふもまた」の短歌をこころに響かせ、我々も「今日」を存分に「生きた（活きた）」ものとすべく「あくがれて行く」存在でありたい。

「季節は過ぎ」ゆえに待つことの愉悦

最終章として若山牧水の短歌の基本理念と照応し、桑田佳祐作詞の『JOURNEY』を考えてみた。「なにゆゑに旅に」――「あくがれ」そして「さよならは永遠《とわ》の旅」、「旅」や「あくがれ」となると、自ら主体的に動くので「待つこと」とは反対の作用のように思われるかもしれない。甲か乙かという短絡的な二項対立でしか思考しない社会では、なおさらそのような捉え方に偏るだろう。しかし、「旅」や「あくがれ」にこそ、「待つこと」が求められるのではないか。本来の「旅」は、あらゆる面で「待たされる」ことの連続である。悪天候に行く手を阻まれ、思わぬ災難に遭遇し、自らの身体が思うように動かぬ時があるかもしれない。定時運行が常識と思われている日本のような国は稀で、現代の交通機関であっても常に欠航・不通・故障などは前提として考えておくべきだろう。時代とともに「旅」の質に変化はあるのだが、「旅」は「待つこと」があってこそ愉しめるものだ。この「定時運行」にこだわるこの国の文化は、どういうことに由来するのだろう。大胆な仮説かもしれないが、「定時に何らかのクリスマスをせねばならない」と考えるのも、こんな文化的な背景があるように思えてならない。

本書で「クリスマス」という行事の日本的な受容とともに「待つこと」を考えたのは、決して偶然ではない。「クリスマス・イブ」は、言い換えれば「お正月の七日前」になったことを明らかに世間全体で認知する行事として作用している節はないだろうか。暦の尽日、季節は冬、『JOURNEY』の歌詞に「季節《とき》は過ぎ」とあったように、どんなに社会が変化しても「季節の巡航」の中で生きているという意識は、この国の文化の中に根強い。それは「季節」そのものを「人間の生命」に比喩として見立てるということでもある。命の終末期を惜しむような様々な作用が、「クリスマス」という行事を日本なりに肥大化させるなど時代相に応じた特徴的な享受展開をした要因ではないかと思うのである。それは学校制度の入学期を、簡単には「九月＝秋」にはできないことなども併せて考えてみたい。

暦の尽日と季節の終焉の二重奏が為すべき技は、それなりに巧みである。「命＝季節」だとするならば、「冬」が終わればまた「春」が必ずやって来る。終末・終焉を迎えたとしてもまた希望の「春」に胸が鳴るのである。「もういくつ寝るとお正月」という誰しもが口ずさむ歌は、この国の文化の重奏の中で「春を待望する」ことを意識させる。「春を待望」することは、そのまま「新たな恋を待望する」ことでもある。このような文化的な背景を、特に詩歌史の上では明らかに位置づけることができる。

「あくがれ」――「さよならは永遠《とわ》の旅」を考えるにあたり、その境地の狭間に明らかに「待つこと」が介在している。前向きと前のめりには、大きな違いがある。我々はこの文化的背景を引き継ぎながら「待つことの愉悦」を十分に味わって生きて行くべきなのだろう。

参考文献一覧

第一章

鷲田清一『「待つ」ということ』（角川学芸出版　二〇〇六年）
伊藤一彦『あくがれゆく牧水　青春と故郷の歌』（鉱脈社　二〇〇一年）
ユーゴー著・豊島与志雄訳『死刑囚最後の日』（岩波書店　一九五〇年）
春日井建『春日井建歌集』（短歌研究文庫　二〇〇三年）
水原紫苑『春日井建　「若い定家」は鮮かにそののちを生きた』（笠間書院・コレクション日本歌人選73　二〇一九年）
原阿佐緒『涙痕』（短歌新聞社・現代名作歌集叢書　一九八八年）
『日本国語大辞典第二版』（小学館　二〇〇一年）
俵万智『サラダ記念日』（河出書房新社　一九八七年）
小沢正夫・松田成穂校注・訳『古今和歌集』（小学館・新編日本古典文学全集11　一九九四年）

桑田佳祐『波乗文庫』（ビクターエンタテインメント　二〇一七年）
小島ゆかり『ごく自然なる愛　小島ゆかり歌集』（柊書房　二〇〇七年）

第二章

有吉保全訳注『百人一首』（講談社学術文庫　一九八三年）
島津忠夫訳注『新版　百人一首』（角川ソフィア文庫　一九六九年）
鈴木日出男『百人一首』（ちくま文庫　一九九〇年）
あんの秀子『人に話したくなる百人一首』（ポプラ社　二〇〇四年）
あんの秀子『ちはやと覚える百人一首　「ちはやふる」公式和歌ガイドブック』（講談社　二〇一一年）
伊藤博校注『万葉集』（角川文庫　一九八五年）
菊地靖彦・木村正中・伊牟田経久校注・訳『土佐日記　蜻蛉日記』（小学館・新編日本古典文学全集13　一九九五年）
日記文学研究会編『日記文学研究第三集』（新典社　二〇〇九年）

第三章

俵万智『あなたと読む恋の歌百首』（文春文庫　二〇〇五年）
中村妙子訳・東逸子絵『サンタクロースっているんでしょうか？』（偕成社　一九七七年）
スージー鈴木『サザンオールスターズ　1978―1985』（新潮新書　二〇一七年）
SASウォッチャー編集部『WE　LOVE　SAS　サザンオールスターズが40年も愛される48の秘密』（辰巳出版　二〇一八年）
『サザンオールスターズ公式データブック　1978―2019』（リットーミュージック　二〇一九年）
俵万智『牧水の恋』（文藝春秋　二〇一八年）
若山牧水『海の聲』（生命社　一九〇八年）
大悟法利雄編『若山牧水全歌集』（短歌新聞社　一九七五年）

第四章

秋葉四郎他編『角川現代短歌集成』（角川学芸出版　二〇〇九年）
堀井憲一郎『愛と狂瀾のメリークリスマス　なぜ異教徒の祭典が日本化したのか』（講談社現代

新書　二〇一七年）
松澤俊二『「よむ」ことの近代　和歌・短歌の政治学』（青弓社　二〇一四年）
松村正直『戦争の歌　日清・日露から太平洋戦争までの代表歌』（笠間書院・コレクション日本歌人選78　二〇一八年）
木下利玄『木下利玄全歌集』（岩波文庫　一九五一年）
萩原朔太郎『萩原朔太郎全集』（筑摩書房　一九七七年）
前田透『漂流の季節』（短歌新聞社　二〇〇五年）
塚本邦雄『塚本邦雄全歌集第一巻』（短歌研究社　二〇一八年）
上田三四二『上田三四二全歌集』（短歌研究社　一九九〇年）
今野寿美『花絆　今野寿美歌集』（大和書房　一九八一年）
近藤芳美『聖夜の列』（蒼土舎　一九八二年）
桑田佳祐『ブルー・ノート・スケール』（ロッキング・オン　一九八七年）
中山康樹『クワタを聴け！』（集英社新書　二〇〇七年）
上田明『夕凪橋　上田明歌集』（雁書館　二〇〇一年）
富小路禎子『遠き茜　富小路禎子歌集』（短歌新聞社　二〇〇二年）

松木秀『色の濃い川　松木秀歌集』（青磁社　二〇一九年）

第五章

近藤富枝『文壇資料　田端文士村』（講談社　一九七五年）
伊藤一彦編『老いて歌おう』（鉱脈社　年次ごとに刊行）
伊藤一彦『待ち時間』（青磁社　二〇一二年）

第六章

伊藤一彦『牧水の心を旅する』（角川学芸ブックス　二〇〇八年）

あとがき

「国文祭・芸文祭みやざき２０２０」が先ほど閉幕した。宮崎県をあげて全国に文化を発信すべきこの祭典は、新型コロナ感染拡大によって一年間延期となり、また会期中にも感染状況が厳しい時期もあったが、支えてくださった関係者の方々の尽力で宮崎県に豊かな文化の新たな芽生えをもたらした。本書は、この祭典のプレイベントとして「まちなか文化堂」と称し、多くの人々の身近に文化があることを意図した出前講義から生まれた一冊である。県庁担当者とまちなか書店の連携、そこに地域の大学教員として何ができるか？　について対話を続けた内容が実を結んだ。

もとより大学の全学部生対象の基礎教育科目で「日本の恋歌—和歌短歌と歌謡曲」を担当するようになり、筆者が愛好するサザンオールスターズ（桑田佳祐さん）の楽曲歌詞と和歌短歌の表現を比較するという手法で、学生たちが文学を身近に感じ興味を持ってもらうことを画策していた。また、昨今の若者を中心として「恋愛忌避」や「晩婚化」の傾向が強くなり、人間関係の摩擦を避ける心性を改めることに「短歌」が貢献できないかとも考えていた。いつの時代も人は叶わぬ恋に苦悶し、いかにして心を伝えようかと悩み、憧れの人をいつも待ち続ける。短歌もＪ－ｐｏｐもともに恋が成就して熱々の状況などを描くことはなく、せつなさとかなしさに身悶える心の訴えを描くものである。本書は桑田佳祐さんのソロ作品歌詞を中心に、「クリスマス」と「待つこと」をテーマに短歌との読み比べを試みた。この場を借りて、著作権を許諾いただいた桑田さんをはじめとするミュージシャン及び事務所の方々にも感謝の意を表したい。

「短歌を味わう」ということは、単に「言語の上で理解した」こととは大きな違いがある。生きるために「栄養を摂る」のが食事の第一の目的ではあるが、のみならず人類には「味わう」という文化が根づいている。「これを食べればこんな美味しい味がするという体験」こそが、人間が生きる糧でもある。ある人が誰かに訴えたくなった心を三十一文字に込めて渾身の表現をした「短歌」を読むということは、まさに「ある人の心を味わう追体験」である。人類に与えられた想像力という翼で、我々は自らが体験していないことでも当事者と同等の気持ちになることができるのだ。これこそが短歌の価値であり、「言語技術」や「言語理解」のみではない「心の体験」なのだ。たぶん人類の多くの人々が音楽に対しても、同様の向き合い方をしているだろう。とりわけ「ポップス」と呼んだ時には「身近で親しみ深い体験」として音楽があるように思う。

前述した出前講義の開催時期に影響も受けたが、『日本の恋歌とクリスマス』と題してあれこれ調べるうちに、次々と面白いことが発見されてきた。本文中や巻末に掲げた参考文献から多くの教示を受けたが、明治以降の日本の「クリスマス受容史」は、この国が抱え込んだ多くの問題を孕んでいるように思えてきた。その「クリスマス」に連なる「お正月」に代表される日本文化的な行事との融合体が、私たちが過ごしている年末年始だ。際立った時間意識を背景に「混淆《こんこう》（様々なものが入り混じること）」とした生活文化への傾斜に翻弄されているかのようだ。西洋文化の受容を考えるとき、それが「文化」のみに止まらず、いつもその「混淆」さが良くも悪くも作用している。ぜひ読者諸氏の「混淆」の傾向を発見してもらえればと願う。

本書を成すにあたり、お忙しい中を出前講義にも足をお運びいただき、その後も単行本化への背中を常に押していただいたのは、宮崎でありがたきご縁を結ぶ伊藤一彦先生である。「みやざきの心」としての親和性を牧水短歌に読み、またご自身の短歌に詠む。ことばでは表現しきれない学恩をいただき、日頃の短歌活動の心の支えである。この場を借りて、深く御礼申し上げたい。また帯文は俵万智さんにお忙しい中をご快諾いただき、あたたかい心の表現を頂戴したことにも深く御礼申し上げる。本文中にも記したが、このお二方とのご縁なくして、筆者の人生は語れなくなった。「国文祭・芸文祭」での「吉田類トークショー」でも同席させていただき、誠に光栄な時を過ごさせていただいた。また県庁「国文祭・芸文祭」担当の方々にも、一方ならぬお世話になった。時に自分がやりたいことを憚りもなく前面に出してご迷惑をかけたかもしれない。この場を借りて双方の意味で深謝申し上げたい。さらには本書の企画を承認いただいた新典社、編集・校正を綿密に手がけていただいた担当の原田雅子さんにも大変お世話になった、心より御礼を申し上げる。最後に東京から移住し宮崎でともに暮らすようになった母父、また何より日々の歩みをともに支えてくれている妻に感謝の意を表し本書の結びとしたい。

二〇二一年一〇月一七日　「国文祭・芸文祭みやざき２０２０」閉幕の日に

中村佳文

中村　佳文（なかむら　よしふみ）
1964年1月　東京都北区田端に生まれる
1986年3月　早稲田大学文学部日本文学専修卒業
2006年3月　早稲田大学大学院教育学研究科博士後期課程修了
専攻　平安朝和歌・近現代短歌・若山牧水研究・音声表現
学位　博士（学術）
現職　宮崎大学教育学部教授
主著･論文『声で思考する国語教育―〈教室〉の音読・朗読実践構想』（2012年，ひつじ書房），「「うつろひたる菊にさしたり」淵源攷―『蜻蛉日記』以前の「菊花」関連物語～『伊勢物語』十八段を中心に―」（『日記文学研究第三集』2009年，新典社），「牧水の朗誦性と明治という近代」（『牧水研究』2016年10月，牧水研究会），「牧水短歌の『姿（さま）』と和漢の共鳴―『木の葉のすがたわが文にあれよ』」（『牧水研究』2018年12月，牧水研究会），「牧水の耳―渓の響き『日の光きこゆ』『鳥よなほ啼け』」（『梁』2019年5月，現代短歌・南の会），「牧水の聲―朗詠ができた最後の歌人」（『牧水研究』2020年2月，牧水研究会），「牧水の学び―香川景樹『桂園一枝』と坪内逍遥「文学談」」（『牧水研究』2021年2月，牧水研究会），「うたを重ねる―和歌短歌・和漢比較教材とメディア文化」（『中古文学』2021年5月，中古文学会），ほか

日本《にほん》の恋歌《こいうた》とクリスマス
―― 短歌とＪ－ｐｏｐ　　新典社選書 108

2021 年 12 月 24 日　初刷発行

著　者　中 村　佳 文
発行者　岡 元　学 実

発行所　株式会社　新 典 社

〒111-0041　東京都台東区元浅草2-10-11　吉延ビル4F
ＴＥＬ　03-5246-4244　ＦＡＸ　03-5246-4245
振　替　00170-0-26932

印刷所　惠友印刷㈱　製本所　牧製本印刷㈱

ISBN978-4-7879-6858-6 C1395
https://shintensha.co.jp/　E-Mail:info@shintensha.co.jp

新典社選書

B6判・並製本・カバー装　　＊10％税込総額表示

⑱三島由紀夫の源流	岡山典弘	一九八〇円
⑲ゴジラ傳《でん》　——怪獣ゴジラの文藝学——	志水義夫	一八七〇円
⑳説話の中の僧たち	京都仏教説話研究会	二六四〇円
㉑古典の叡智　——老いを愉しむ	小野恭靖	一八七〇円
㉒『源氏物語』の特殊表現	吉海直人	二四二〇円
㉓これならわかる復文の要領　——漢文学習の裏技——	古田島洋介	二六四〇円
㉔明治、このフシギな時代　2	矢内賢二	一一〇〇円
㉕源氏物語とシェイクスピア　——文学の批評と研究と——	廣田　收／勝山貴之	一八七〇円
㉖下級貴族たちの王朝時代　『新猿楽記』に見るさまざまな生き方	繁田信一	一六五〇円
㉗新版宮崎駿の地平　ナウシカからもののけ姫へ	野村幸一郎	一六五〇円
㉘宮崎駿が描いた少女たち	野村幸一郎	一八七〇円
㉙向田邦子文学論	向田邦子研究会	三八五〇円
㉚歌舞伎を知れば日本がわかる	田口章子	一七六〇円
㉛明治、このフシギな時代　3	矢内賢二	一五四〇円
㉜ゆく河の水に流れて　——人と水が織りなす物語——	山岡敬和	二三一〇円
㉝『源氏物語』忘れ得ぬ初恋と懸隔の恋　——朝顔の姫君と夕顔の女君——	小澤洋子	一八七〇円
㉞文体再見	半沢幹一	二二〇〇円
㉟続・能のうた　——能楽師が読み解く遊楽の物語——	鈴木啓吾	二九七〇円
㊱入門　平安文学の読み方	保科　恵	一六五〇円
㊲百人一首を読み直す2　——言語遊戯に注目して——	吉海直人	二九一五円
㊳戦場を発見した作家たち　——石川達三から林芙美子へ	蒲　豊彦	二五八五円
㊴『建礼門院右京大夫集』の発信と影響	日記文学会／中世分科会	二五三〇円
㊵鳳朗と一茶、その時代　——近世後期俳諧と地域文化——	金田房子／玉城　司	三〇八〇円
㊶賀茂保憲女　紫式部の先達	天野紀代子	二二一〇円
㊷「宇治」豊饒の文学風土　——成立と展開に迫る決定七稿——	日本文学／風土学会	一八四八円
㊸とびらをあける中国文学　——日本文化の展望台	高芝・遠藤・山崎／田中・馬場	二五三〇円
㊹後水尾院時代の和歌	高梨素子	二〇九〇円
㊺鎌倉武士の和歌　——雅のシルエットと鮮烈な魂——	菊池威雄	二四二〇円
㊻古典文学をどう読むのか　——シェイクスピアと源氏物語と——	廣田　收／勝山貴之	二〇九〇円
㊼東京裁判の思想課題　——アジアへのまなざし	野村幸一郎	二二〇〇円
㊽日本の恋歌とクリスマス　——短歌とJ-pop——	中村佳文	一八七〇円
㊾なぜ神楽は応仁の乱を乗り越えられたのか	中本真人	一四八五円